빤냐
이야기

빤냐 이야기

한재우
지음

클레이하우스
CLAYHOUSE

心無罣礙
無罣礙故
無有恐怖

마음에는 본래 걸림이 없고
걸림이 없으므로
두려움이 있을 수 없다

『 반야심경 』

10대 때부터 미친듯이 히말라야와 세계의 온갖 곳을 누비고 다녔다. 누군가 왜 그랬냐고 물으면 '바보는 손발이 고생하는 법'이라고 눙치고 말았다. 하지만 청춘의 가슴에 불이 붙으면 길길이 뛸 뿐, 차분하고 지혜롭게 대처하기란 쉽지 않다. 『빤냐 이야기』 속 원숭이 빤냐의 모험이 가출했던 내 방황과 닮아 있어 놀랐다. 가출을 때론 하늘의 별이라도 따기 위한 고차원적인 행동으로 포장하기도 했지만, 사실은 고통을 피해 멀리, 더 멀리 달아나고자 한 것이었다.

나는 빤냐처럼 그리운 사람들을 떠나 지구를 몇 바퀴나

돌았다. 가슴속 두려움과 분노 그리고 우울을 어쩌지 못해 평생을 동동거리며 살아가는 이들은, 설사 구도(求道)에 나서더라도 수많은 갈림길 사이에서 방황하다가 인생을 종치기 마련이다. 그런 이들에게 원숭이 빤냐의 귀향은 마치 복음과도 같다. 꼭 승리를 쟁취하지 않아도, 두려움을 제거하지 않아도, 두렵고 화나고 아픈 그대로도 살아갈 수 있다는 희망은 세상의 숱한 도사와 스승도 주지 못한 것이다. 자신을 가장 힘들게 하는 것, 두려움의 실체를 정확히 직면한 자만이 줄 수 있는 선물. 원숭이 빤냐가 독자에게 그것을 준다.

『빤냐 이야기』는 헤르만 헤세의 소설 『싯다르타』를 연상케 한다. 얼마 전 그의 고향인 독일 칼프에 갔다. 아름다운 곳이었다. 헤르만 헤세는 나처럼 10대에 학교를 중퇴하고 질풍노도의 시기를 보내며 정신적인 방황을 겪었다. 나는 그가 목사의 아들이면서도 동양철학에 심취했기에 번화가를 피해 한적한 교외에서 살았을 거라 생각했는데, 그게 아니었다. 그가 살았던 집도, 점원으로 일했던 튀빙겐의 서점도 가장 번화한 곳에 자리하고 있었다. 히말라야와 아마존의 깊은 밀림 속으로 도망친다 해도, 두려움과 분노 그리고 우울에서 결코 벗어날 수는 없다는 진실을 그는 알았던 걸까.

우리는 벗어나려야 벗어날 수 없는 감정들을 송두리째 무화(無化)시키겠다는 허망한 꿈을 반복하곤 한다. 그러나 빤냐는 그런 길을 답습하지 않는다. 번잡한 삶의 한가운데서, 우리가 힘들어하는 그 감정들을 비켜가지 않은 빤냐의 탄생이 얼마나 다행인지 모른다. 사람과 세상이 두렵고 힘든 이들에게는, '지금 여기'에서 두려움과 화해하고 그것의 벗이 되는 빤냐를 보는 것만으로도 커다란 위로가 된다.

-조현(전 <한겨레> 종교전문기자, 유튜브 <조현TV휴심정> 운영자)

두려움과 함께 춤추기

두려움이 많았던 어린 원숭이 빤냐. 50년 넘게 명상을 수행해온 나 역시 어린 시절 두려움이 많은 아이였습니다. 두려움을 없애려 온갖 방법을 다 써보았지만, 결국 깨달은 것은 두려움은 없앨 수 없다는 것, 아니 없애서도 안된다는 것이었습니다. 대신 두려움과 함께하는 법을 배워야 했습니다.

한재우 작가의 『빤냐 이야기』는 바로 그 자명한 진리를 놀라울 만큼 아름답고 명료하게 이야기합니다.

반야심경은 "心無罣礙 無罣礙故 無有恐怖(심무가애 무가애고 무유공포)"라고 말합니다. 마음에는 본래 걸림이 없고, 걸림이 없으니 두려움이 있을 수 없다고요. 그런데 많은 이들이 이 구절을 오해합니다. 두려움을 없애야 한다고, 두려움이 사라진 경지에 도달해야 한다고 생각하지요. 빤냐도 처음에는 그렇게 생각해 '두려움이 일어나지 않는 경지'를 찾아 헤매었습니다.

하지만 마르가(mārga, 도), 즉 참된 진리의 길은 다른 곳에 있었습니다. 두려움을 없애는 것이 아니라, 두려움의 본성을 온전히 이해하는 것. 두려움을 밀어내는 것이 아니라, 두려움과 함께 춤추는 법을 배우는 것. 그것이 진정한 지혜(paññā)였습니다.

두려움이 바로 힘이야. 두려움을 이겨내야 강한 것이 아니라, 두려움의 크기가 곧 강함의 크기야.

이 문장을 읽는 순간, 전율했습니다. 초기 경전에서 붓다는 두려움을 제거의 대상이 아닌 관찰과 이해의 대상으로 보았습니다. 두려움을 있는 그대로 알아차리고(正念), 그 본성을 꿰뚫어볼 때(正知), 두려움은 더 이상 우리를 속박하지 못한다고 가르쳤지요. 빤냐가 발견한 '두려움이 바로 힘'이라는 통찰이 바로 이겁니다. 2,600년 전 붓다의 가르침이 21세기 한국 작가의 펜을 통해 이토록 생생하게, 이토록 명료하게 되살아날 수 있다는 것에 경탄했습니다.

KAIST 명상과학연구소에서 수행자들을 만나며 깨달은 것이 있습니다. 두려움은 생명으로부터 오는 구호 신호입니다. 위험을 알리고 주의를 환기하며 생존을 돕기 위한, 진화가 우리에게 선물한 정교한 시스템이지요. 그런데 우리는 이 생명의 신호를 소음으로 오인하고, 없애야 할 잡음, 제거해야 할 장애물로 여깁니다.

그 순간부터 악순환이 시작됩니다. 두려움을 없애려 애쓸수록 두려움은 더 크게 울립니다. 마치 구조 신호를 무시당한 조난자가 더욱 큰 소리로 외치듯이요. 그렇게 증폭된 두려움은 마침내 우리를 압도해버립니다. 빤냐가 겪은 것이 바로 이것입니다. 그림자 목소리가 밤마다 떠들어대고, 막연한 두려움이 삶을 잠식해가는 과정 말입니다.

그런데 빤냐는 세상 끝에 도달해 놀라운 발견을 합니다. 두려움이라는 생명의 구호 신호가 지닌 주파수와 리듬을 있는 그대로 알아차릴 때, 그리고 그것과 함께 춤출 때 질적인 변화가 일어난다는 것을요. 그러면 두려움은 더 이상 두려움이 아닙니다. 그것은 지혜가 되고, 걸림

없는 자유가 되고, 해탈이 됩니다. 이것이 빤냐가 '사-띠, 사-띠'라고 되뇌며 도달한 경지입니다.

한재우 작가는 사띠(sati, 마음챙김)와 빤냐(paññā, 지혜), 마르가(mārga, 도)라는 팔리어 혹은 산스크리트어의 개념들을 구태여 설명하지 않습니다. 대신 이야기 안에서 그것들이 자연스럽게 숨 쉬고 살아 움직이게 만듭니다. '사-띠, 사-띠'라고 되뇌는 빤냐의 모습에서 우리는 호흡 명상의 본질을 봅니다. 또한, 목소리의 정체를 깨닫는 장면에서 우리는 분별심이 만들어낸 이원성의 허상을 봅니다.

특히 인상 깊었던 것은 뱀 이야기입니다. 깊은 숲을 지나는 지혜로운 원숭이는 뱀을 피하지 않고, 오히려 가장 크고 무서운 뱀에게 자신을 지켜달라고 부탁한다는 이야기. 이것이야말로 불교 수행의 핵심입니다. 우리가 두려워하는 것, 피하고 싶은 것, 바로 그것과 친구가 되는 것. 그것이 진정한 용기이자 지혜이기 때문이죠.

이 소설은 헤르만 헤세의 『싯다르타』나 파울로 코엘료의 『연금술사』처럼 영적 우화의 계보를 잇는 작품입니다. 하지만 동시에 매우 한국적이고, 매우 현대적입니다. 회사에서, 학교에서, 관계 속에서 끊임없이 불안과 두려움을 마주하는 현대인들에게 이 책은 단순한 위로를 넘어 실천

가능한 지혜를 건넵니다.

　명상을 처음 시작하였거나, 오랫동안 명상 수행을 하였지만 두려움과 같은 망상 때문에 길을 잃고 헤매는 분에게 이 책은 좋은 길동무가 될 것입니다. 두려움이 전하는 생명의 신호에 귀 기울이고, 그 주파수와 리듬을 있는 그대로 알아차리며, 두려움과 함께 흥겹게 춤추시길.

- 김완두(미산 스님, KAIST 명상과학연구소 소장)

차례

色不異空
空不異色
色即是空
空即是色

형상은 비어 있음과 다르지 않고
비어 있음은 형상과 다르지 않다
형상이 곧 비어 있음이요
비어 있음이 곧 형상이다

1부

회색 원숭이 빤냐와 어둠의 숲

아버지처럼, 아버지처럼

멀리 떨어진 곳에 작은 숲이 있었다. 오래전부터 회색 털을 가진 원숭이가 많이 살아왔기 때문에 '회색 숲'이라고 불렸다. 먹을 것이 부족하지는 않았지만 그다지 넉넉한 편도 아니어서, 원숭이들은 종일 분주하게 움직여야만 했다. 바나나를 찾고, 견과류를 줍고, 야생 감자 같은 뿌리 열매를 캤다. 원숭이들은 아침부터 부지런히 움직여 겨우 그날의 배를 채우고 나면, 서로 장난을 치거나 털을 골라 이를 잡아주며 잠들 때까지 시간을 보냈다. 대를 이어 회색 숲에서 오랫동안 살아온 그들에게는 그것이 당연한 삶의 방식이었다.

어린 원숭이 빠냐도 아버지와 함께 이 숲에서 살고 있었다. 평범한 회색이 아니라 우아한 은빛에 가까운 아버지의 털을 닮아서인지 빠냐의 털에도 윤기가 흘렀다. 빠냐는 자신도 훗날 아버지처럼 은빛 털을 가진 특별한 원숭이로 자라나기를 바랐다.

하지만 빠냐가 가진 정말로 특별한 재능은 털 색깔이 아니었다. 그는 어릴 적부터 또래보다 힘이 세고 날렸다. 영리한 면도 있어서 배우는 것도 빠른 편이었다. 무엇보다 다른 원숭이들과 달리 호기심이 많았다. 늘 궁금한 것이 있었고, 이유를 알고 싶어했다. 남들은 별로 주의를 기울이지 않는 것들도 빠냐는 꼭 묻고 넘어갔다.

다만 호기심이 많은 탓이었을까. 빠냐는 두려움도 무척 많았다. 어린 시절에는 누구나 겁이 많지만 빠냐는 그 정도가 훨씬 더했다. 생각을 펼치다 보면 자꾸만 무서운 상상으로 이어졌기 때문이다. 굴속에 누워 잠들 때마다 '잠든 사이에 이 굴이 무너지면 어쩌지?'라는 생각 때문에 눈을 감을 수 없었다. 아침에 일어나 굴 밖으로 나갈 때도 '입구에 커다란 뱀이 도사리고 있는 건 아닐까?' 하고 상상하며 머뭇거렸다. 빠냐를 괴롭히는 이런 두려움은 어두운 밤이 되면 한층 더 심해지곤 했다.

다행스럽게도 무서운 상상 때문에 오들오들 떠는 일은 나이를 먹으면서 조금씩 줄어들었다. 대신에 보다 현실적인 걱정들이 빤냐의 마음속에 들어섰다.

'언젠가 먹을거리를 구하지 못하면 어떡하지? 다른 원숭이들이 나를 싫어하면 어떡하지?'

사소하지만 충분히 일어날 수 있는 걱정거리들. 이른바 막연한 두려움이었다. 빤냐도 그런 막연한 두려움을 품고 사는 것이 편할 리 없었다. 하지만 그것을 없앨 마땅한 방법 역시 없었고, 어느새 두려움은 마음의 습관으로 자리를 잡았다.

빤냐의 아버지는 숲에서 가장 힘이 센 우두머리 원숭이였다. 덩치가 크면서도 빨랐다. 은빛 털을 반짝이며 나무 덩굴 사이를 획획 날아다니는 모습은 다른 원숭이들에 비해 확실히 눈에 띄었다. 작은 숲이었기에 우두머리라고 해서 대단할 것은 없었지만 그래도 배를 곯지 않고 살기에는 충분했다. 다른 원숭이들로부터 어느 정도 부러움을 사는 것도 사실이었다.

그런 아버지 덕분에 빤냐는 굶는 일이 드물었다. 다른 원숭이들에게 해코지를 당하는 일도 거의 없었다. 아버지는 빤냐가 자신을 이어 우두머리가 되기를 바랐는데, 빤 냐 역시 같은 마음이었다. 힘이 세고 영민한 빤냐에게는 충분히 가능성이 있는 목표였다. 다만 우두머리가 되기 위해서는 마음의 문제를 해결해야 했다.

아버지는 빤냐가 유달리 두려움이 많다는 것을 잘 알고 있었다. '왜 저렇게 겁이 많을까?' 하고 이따금 생각했지 만 특별한 이유가 있는 것 같지는 않았다. 그래서 무언가 를 가르칠 때면 되도록 겁을 주지 않도록 조심했고, 혹시 라도 무서워할 법한 이야기들은 가급적 피하려고 했다.

예를 들면 '어둠의 숲'에 관한 이야기가 그랬다. 회색 숲의 원숭이들은 늙거나 병이 들어 세상을 떠날 때가 되 면, 어둠의 숲으로 자리를 옮기는 오랜 전통이 있었다. 자 신의 마지막을 다른 원숭이들에게 보여주지 않기 위해서 였다.

어느 날 또래 원숭이들과 놀던 빤냐가 어둠의 숲에 대 한 이야기를 들었다. "모두 다 언젠가는 어둠의 숲으로 가 야 한대"라는 말이 호기심을 자극했고, 어둠의 숲이라는 이름은 상상력과 함께 두려움을 불러일으켰다. 아버지에 게 돌아온 빤냐의 표정에는 그런 감정들이 고스란히 드러 났다.

"어둠의 숲은 어디에 있어요?"

"회색 숲 북쪽 끝에 있지."

"저도 가볼 수 있어요?"

궁금증과 두려움이 한데 뒤얽힌 빤냐의 표정을 본 아버지는 잠시 말을 멈췄다. 아직 빤냐가 죽음에 대해 알 필요는 없다고 생각했다. 오히려 불필요한 상상을 하지 않을까 염려하는 마음이 컸다. 무엇보다 어둠의 숲에 대해 이야기하는 것은 자신도 그리 내키지 않았다.

"가지 않는 게 좋을 거야."

"왜요? 아버지도 가보셨어요?"

호기심이 고개를 든 빤냐가 질문을 이어가려 하자 아버지는 짐짓 무서운 표정을 지었다. 그리고 어느 때보다도 엄한 목소리로 말했다.

"가지 않는 게 좋다고 아버지는 분명히 말했다. 이 이야기는 그만하자." 그리고 덧붙였다. "그곳에는 '이를 잡지 않는 원숭이'들이 살아."

빤냐는 정말 무서웠는지 곧장 입을 다물었다. 그리고 그 이후로 다시는 어둠의 숲에 대해 묻지 않았다.

평소 빤냐의 성격을 걱정하던 아버지는 고민 끝에 결론

을 내렸다.

'두려움이 너무 많아서 걱정이라면, 두려워할 필요가 없도록 키워보자. 나보다 더 강한 원숭이로 자란다면 별다른 문제가 없겠지.'

그렇게 아버지는 자신이 알고 있는 것을 모두 알려주기로 결심했다. 사실 대부분의 원숭이들은 깨어 있는 동안 세 가지 일을 하며 시간을 보냈다. 먹을거리를 구하고, 그것을 먹고, 실컷 노는 일이었다.

하지만 빤냐의 일상에는 한 가지가 더 있었다. 아버지와 함께하는 특별한 시간. 다름 아닌 훈련이었다. 아버지는 빤냐가 배를 채우고 나면 훈련을 시켰다. 나무 타고 오르기, 덩굴에 매달려 이동하기, 강물에 뛰어들어 헤엄치기, 던지고 잡기, 누르고 조르기…. 모두 먹이를 더 잘 구하거나 다른 원숭이들과 싸워서 이기는 데 도움이 되는 훈련이었다. 아버지가 빤냐를 염려하는 만큼 훈련의 강도도 높았다. 시키는 대로 하다 보면 빤냐는 금세 녹초가 되었고, 아버지는 그제서야 그만하고 놀아도 좋다고 허락했다. 그런 일과가 어린 시절부터 계속 이어졌다.

힘들게 훈련해야 하는 이유를 물을 때마다 아버지는 이렇게 답했다.

"우두머리가 되려면 강해져야 한단다. 그래야 먹을거리를 구할 수 있지. 다른 원숭이들에게 빼앗기지도 않고 말이야. 그러면 걱정 없이 살 수 있지 않겠니."

빤냐는 아버지를 거스르지 않고 열심히 훈련했다. 엄한 지시가 두렵기도 했지만, 아버지를 따라 우두머리가 되고 싶은 마음도 컸다. 하지만 말하지 않은 더 중요한 이유가 있었다. 아버지처럼 강해지면 배고플 일도, 다른 원숭이에게 미움받을 일도 없을 것만 같았다. 다시 말해 빤냐는 두려울 일이 없는 원숭이가 되고 싶었다.

아버지는 훈련을 통해 몸이 강해지면 마음도 함께 강해질 거라고 가르쳤다. 그래서 입버릇처럼 말했다.

"몸과 마음이 모두 강해야 정말로 강한 거란다. 언젠가 원치 않은 일이 일어나거든, 그건 성실하지 않았던 지난 어느 시간의 대가라는 사실을 명심하거라."

'아버지처럼, 아버지처럼. 그렇게만 되면 두려울 만한 일이 일어나지 않을 테니까.'

훈련이 힘들 때마다 빤냐는 '아버지처럼'을 되뇌었다. 아버지처럼 되기 위해 애쓰는 시간은 힘들어도 행복했다. 고된 훈련으로 팔다리가 무거워지는 만큼, 두려움이 사라질 거라는 희망이 마음을 새처럼 가볍게 만드는 까닭이었다.

목소리가 거기 있었다

그런 빤냐가 가장 좋아하는 시간은 따로 있었다. 훈련을 마친 뒤, 해가 질 무렵이었다. 숲을 뒤덮고 있던 햇빛이 붉은색을 띠기 시작하면 빤냐는 혼자 회색 숲의 서쪽 능선에 올랐다. 태양의 열기가 온종일 따뜻하게 데워놓은 널찍한 바위에는 아무도 없었다. 탁 트인 곳, 빤냐가 늘 앉는 자리였다.

원숭이들의 재잘거림은 숲의 그늘 속에 온전하게 잠기고, 능선 위에는 붉은 고요함만이 가득했다. 살랑이는 바람이 노을에 물든 채 빤냐의 온몸을 휘감기 시작했다. 드디어 태양이 지평선 아래로 사라질 시간이었다.

바위 위에 앉은 빤냐는 팔다리를 늘어뜨리고 온몸의 힘을 뺐다. 가장 안정되면서도 가장 편한 자세였다. 누구에게 배운 적은 없었다. 그렇게 앉고 나면 요동치던 심장 소리가 조금씩 숨을 죽여가는 것이 신기했다. 일몰이 시작될 때부터 빤냐는 꼼짝도 하지 않았다. 그리고 서서히 가라앉는 태양을 응시했다.

그 순간만큼은 아버지의 훈련도, 내일의 먹을거리도, 심지어 자신이 원숭이라는 생각도 들지 않았다. 아무 생각이 나지 않았기에, 막연한 두려움 또한 들지 않았다. 말 그대로 아무것도 없는 텅 비어버림의 상태. 빤냐는 그런 무조건적인 없음의 상태가 참 좋았다. 이 시간만큼은 몸도, 마음도, 생각도 모두 멈춘 채 편히 쉴 수 있었다.

딱 한 번 이런 일이 있었다. 그날은 노을의 붉은빛이 유난히 아름다웠고, 바위 주변은 이상하리만치 고요했다. 빤냐는 평소와 같은 자세로 앉아 해가 넘어가는 것을 바라보고 있었다.

그때였다. 둥근 태양의 발끝이 지평선에 닿기 시작하자 빤냐는 이루 말할 수 없이 편안한 감정이 배꼽 근처에서 퍼져나와 서서히 온몸을 감싸는 것을 느꼈다. 평소보다 훨씬 따뜻하면서도 포근한 기분. 문득 하늘을 날아오르기라도 할 것처럼 몸이 가벼워졌다.

이번에는 무슨 일이 일어나더라도 헤쳐나갈 수 있을 것 같은 느낌이 가슴 한가운데서 샘솟았다. 자신감이라고 불러야 할까. 단단하고 벅찬 감정이 차츰 온몸으로 퍼져나갔다. 손가락 끝, 발가락 끝까지 그 특별한 느낌이 가득 채워지자, 빤냐는 황홀한 기분에 취해 태양을 보며 자신도 모르게 중얼거렸다.

"좋다. 정말."

그 순간, 속삭이는 듯한 목소리가 들렸다.

두려워하지 마라.

한 번도 들어본 적이 없는 목소리였다. 하지만 이상하게도 무섭지는 않았다. 빤냐는 여전히 황홀한 기분에 잠긴 채 꿈꾸듯 물었다.

"누구세요?"

다시 목소리가 들렸다.

두려워하지 마라.

누군가로부터 나오는 목소리가 아니었다. 목소리가 그곳에 있었다. 빤냐는 조금 더 또렷해진 정신으로 다시 물었다.

"당신은 누구세요?"

그러자 이번에는 목소리가 곧장 빤냐의 머릿속에서 거대한 종소리처럼 울렸다.

마음에는 본래 걸림이 없으니, 다만 두려워하지 마라.

그 말을 남기고 목소리는 사라졌다. 목소리뿐만 아니라 모든 소리가 사라졌다. 거대한 정적. 빤냐는 그 정적 안으로 빨려 들어갔다. 볼 수도, 말을 할 수도, 움직일 수도 없었다. 어쩌면 숨조차 멈춘 듯했다. 하지만 그 완전한 정적 속에서도 마치 종의 울림이 은은하게 이어지듯 목소리가 계속 들려왔다.

다만 두려워하지 마라.

다만 두려워하지 마라.

빤냐는 그 목소리를 듣고 또 듣는 것 말고는 아무 일도 할 수 없었다.

얼마나 시간이 지났을까.

의식이 돌아왔을 때 제일 먼저 인식한 것은 숨을 쉬고 있다는 사실이었다. 코끝으로 들어오는 찬 공기. 그리고 숨을 따라 아랫배가 오르락내리락하고 있었다. 손가락 끝을 움찔거려 보았다. 힘이 들어가는 것이 느껴졌다. 빤냐는 자신도 모르는 사이에 눈을 감고 있었다는 것을 알았다. 천천히 눈꺼풀을 열어 주변을 둘러보았다.

서쪽 능선, 넓적한 바위 위. 해가 저문 지 이미 오래라는 것을 말해주는 듯 높은 밤하늘에 별들이 총총 빛나고 있었다. 빤냐는 생각했다.

'무슨 일이 일어났던 거지?'

아무것도 알 수 없었다.

'내가 꿈을 꿨나?'

그것도 아니었다. 분명 잠이 들지는 않았는데 기분은 꼭 꿈을 꾼 것만 같았다. 밤이 너무 늦었기에 빤냐는 조심스레 바위에서 내려와 굴로 돌아왔다.

아버지는 이미 잠들어 있었다. 살그머니 자리를 찾아 누운 빤냐는 잠이 오지 않았다.

'누구였을까? 누가 말을 한 걸까? 무슨 일이 일어난 건지 아버지는 아실까?'

정말로 궁금했지만, 어떤 이유에서인지 아버지에게 물어볼 확신이 서지 않았다.

'아버지가 모르는 일일 수도 있어.'

괜히 이야기를 꺼냈다가 빤냐를 걱정한 아버지가 앞으

로 서쪽 능선에 올라가지 말라고 한다면 곤란한 일이었다. 고민 끝에 빤냐는 좋은 생각을 떠올렸다.

다음 날, 빤냐는 아버지에게 슬쩍 이렇게 물었다. 별일 아니라는 투였다.

"아버지, 태양이 말을 할 수 있나요?"

아버지는 영문을 모르겠다는 표정으로 대답했다.

"그게 무슨 소리냐. 어디서 무슨 이야기를 들은 거니?"

"아니에요. 그냥 궁금해서요. 태양도 말을 할 수 있을까요? 아니면 바람이라도요."

아버지는 피식 웃었다.

"아니야. 그럴 리가. 너는 별것이 다 궁금하구나."

빤냐는 멋쩍은 듯 웃었다. 그리고 더 물어보지 않기로 했다. 역시 아버지는 알지 못하는 일이었다.

그 후로도 빤냐는 몇 번인가 더 서쪽 능선에 올랐다. 종을 닮은 그 목소리가 다시 들려오기를 기다렸다. 하지만 그건 마치 절반쯤 열린 문처럼 어중간한 기다림이었다. 분명 신비롭고 매혹적인 경험이었지만, 동시에 삶을 통째로 뒤흔들 것만 같은 두려움이 어렴풋이 느껴졌다. 그런 까닭에 조금 긴장하는 마음이 생긴 빤냐는 예전처럼 편하게 서쪽 능선의 일몰을 즐기기 어려웠다. 결국 그 목소리를 탐구하려는 마음은 물론, 서쪽 능선을 향한 발걸음마저 서서히 줄어들었다.

대신 그즈음부터 빤냐는 자기 내면에서 들려오는 다른 목소리를 알아챘다. 엄밀히 말하자면 예전에도 있던 소리였지만, 그제야 분명히 인지하기 시작했다.

배가 몹시 고프네. 오늘은 바나나를 찾을 수 있을까?

오늘따라 훈련이 힘든걸. 잘할 수 있겠어?

그것은 분명 목소리였다. 마치 마음속에 또 다른 원숭이가 살고 있어서 제멋대로 재깔거리는 것 같았다. 목소리는 빤냐에게 말을 걸어오기도 했는데, 특히 그 재깔거림은 새로운 일을 시도할 때, 걱정거리를 마주할 때, 그리고 두려움이 올라올 때 더 소란스러워졌다. 멈추고 싶어도 마음대로 멈출 수 없는 소리. 언제나 자신을 따라다니는 그 소리를 빤냐는 '그림자 목소리'라고 이름 붙였다. 그림자 목소리가 떠들어댈 때면 가슴 속에 검은 안개가 자욱해지는 것처럼 답답한 느낌이 들었다.

어두운 밤은 그 검은 안개의 시간이었다. 두려움이 밤에 더 심해졌듯이 그림자 목소리도 밤이 되면 더 생생해졌다.

"시끄러워!"

그림자 목소리와 옥신각신하다가 무의식중에 입 밖으로 헛소리를 내뱉은 일이 있을 정도였다. 빤냐는 괴로웠지만 물리칠 방법을 몰랐다. 그저 그림자 목소리가 충분히 떠들고 난 뒤에 스스로 사라질 때까지 기다리는 수밖에 없었다.

그러다가 몹시 피곤했던 어느 날, 빤냐는 그림자 목소리가 찾아올 새도 없이 잠에 빠져드는 경험을 했다. 우연히 알게 된 방법이었다. 그 뒤로 빤냐는 더욱 열심히 훈련에 임했다. 몸을 피곤하게 만들기 위해서였다. 더 부지런히 돌아다니며 먹이를 구하고, 놀 때도 모든 힘을 쏟아 부었다. 그렇게 노곤한 몸을 만들면 자리에 눕자마자 깊은 잠으로 빠져들 수 있었다.

그런 속마음을 알지 못하는 아버지는 훈련에 매진하는 빤냐를 그저 기특하게 생각했다. 어쨌거나 빤냐의 실력은 더욱 빠르게 늘어갔고, 우두머리가 되겠다는 목표는 점점 가까워지는 듯 보였다. 동시에 서쪽 능선에서의 일은 빤냐의 기억 속에서 점점 희미해져 갔다.

직접 가봐야겠어, 어둠의 숲에

시간이 흘렀다.

빤냐도 많이 자라 이제 몸집만큼은 어른 원숭이 못지않게 되었다. 특히 아버지의 훈련을 성실하게 따라온 덕에 팔과 어깨는 바나나 나무의 줄기와 잎처럼 단단하고 넓어졌다. 두 원숭이가 나무 덩굴을 붙잡고 앞서거니 뒤서거니 나아가는 모습을 얼핏 보면, 누가 빤냐고 누가 아버지인지 모를 정도였다. 한 팔 가득 바나나를 구해오는 빤냐를 보며 아버지는 흡족한 미소를 지었다.

"이제 제법 네 몫을 하는구나."

그러던 어느 날이었다. 먹을거리를 구하러 나갔던 아버지가 쓰러지듯 겨우 돌아왔다. 은빛 털은 흘러내린 피로 흥건하게 젖어 있었다.

"아버지!"

놀란 빤냐는 얼른 아버지를 부축해 널찍한 잎사귀 위에 눕혔다. 숨이 거칠었다.

"물…."

빤냐는 얼른 코코넛 껍질을 들고 샘으로 향했다.

'이번에도 젊은 원숭이들의 공격을 받으신 거야.'

우두머리의 자리를 노리는 원숭이들은 늘 있었다. 젊은 원숭이라면 한 번쯤은 우두머리가 되기를 원했고, 그 자리를 차지하려면 아버지와 싸워 이겨야 했다. 그런 이들이 종종 아버지에게 싸움을 걸어왔지만, 힘도 세고 기술도 좋은 아버지는 어렵지 않게 도전을 물리쳤다. 적어도 얼마 전까지는 그랬다.

아버지의 여유가 사라지기 시작한 건 최근의 일이었다. 이기더라도 예전과 같은 압도적인 모습이 아니었다. 격렬한 싸움 끝에 간신히 도전자들을 떼어낸 아버지는 굴로 돌아와 하루이틀 동안 꼼짝하지 않고 누워 있곤 했다. 그러다 결국 오늘 같은 일이 벌어진 것이다.

빤냐가 물을 떠서 돌아왔을 때 아버지는 정신을 잃은 채 누워 있었다. 피가 흐르는 입에서는 신음이 끊이지 않았다. 이 정도로 고통스러워하는 아버지를 본 적이 없었다. 빤냐는 어찌할 바를 몰랐다. 그저 안절부절못하며 곁을 지킬 뿐이었다. 그때 아버지의 신음 사이로 희미한 말소리가 섞여 나왔다.

"이 놈들… 아니야…."

정확히 알아들을 수는 없었지만 분명 누군가에게 하는 말이었다. 아버지가 헛소리를 내뱉고 있었다. 오락가락한 의식 속에서 아버지는 무언가와 싸우고 있는 것이 분명했다. 그 사실을 깨달은 빤냐는 깜짝 놀랐다.

'혹시 지금 그림자 목소리와 싸우고 계신 건가? 아버지에게도 그림자 목소리가 들린다는 건가?'

아버지도 자신과 다르지 않을 수 있다는 생각이 들었다. 그 생각은, 설령 아버지처럼 되더라도 두려움에서 벗어날 수 없다는 가능성을 의미했다.

밤이 깊었다. 웅크린 채 잠깐 졸았던 빤냐가 눈을 떴다. 아버지는 잠들어 있었다. 신음도, 거친 숨소리도 다행히 잦아들었다. 몸을 일으켜 아버지의 상처를 살폈다. 피는

멎은 듯했다.

빤냐는 아버지의 팔과 다리를 물끄러미 바라보았다. 축 늘어져 있는 탓일까, 예전보다 조금 가늘어졌다는 느낌이 들었다. 시들기 시작한 나무 덩굴 같았다. 윤기 나던 은색 털은 피가 엉겨 붙어 검붉은 색으로 얼룩덜룩했다. 빤냐는 눈앞에 누워 있는 원숭이가 아버지가 아닌 것 같은 기분이 들었다. 낯설고, 처음 보는 아버지의 모습이었다.

그 순간 오래전 아버지와 나눴던 대화가 떠올랐다. 다른 원숭이로부터 나중에 모두 다 어둠의 숲으로 가야 한다는 이야기를 듣고 아버지에게 물었었다.

"어둠의 숲은 어디에 있어요?"

"저도 가볼 수 있어요?"

돌아온 대답은 짧았다. 북쪽 끝, 이를 잡지 않는 원숭이들. 그러고는 더 묻지 못하게 했다. 빤냐는 그 장면이 서서히 생각나기 시작했다. 아버지의 엄한 표정에 놀라 기억 속에 까맣게 묻어두었던 순간이었다.

'모두 다 어둠의 숲으로 가야 한다고 했지. 그러면 아버지도 언젠가 거기로 가시는 걸까? 혹시 그날이 멀지 않은 걸까? 거기에 가면 도대체 무슨 일이 일어나는 거지?'

생각에 생각이 꼬리를 물고 끊임없이 이어졌다. 어둠의

숲에 대해서 아무것도 알지 못하는데, 눈앞에 누워 있는 아버지가 곧 그곳으로 가버릴 것만 같았다. 무서웠다. 하지만 생각을 멈출 수 없었고, 어둠의 숲이 어떤 곳인지 무척 궁금해졌다.

문득, 그때 아버지가 보여주었던 엄한 표정과 애써 이야기를 피하던 모습이 떠올랐다. 빤냐는 깨달았다. 그 표정은 단지 엄하기만 한 것이 아니었다는 사실을. 그 안에는 무언가를 불편해하는 기색과 두려워하는 느낌도 함께 있었다. 그 시절의 빤냐는 너무 어렸었기에 아버지가 무언가를 두려워할 수 있다는 생각을 아예 하지 못했다.

'아버지도 어둠의 숲 이야기는 피하고 싶어 했어. 무서우셨던 거야.'

빤냐는 쉽사리 믿기지 않았다. 아버지는 우두머리였다. 늘 빠르고, 힘이 세고, 자신감 넘치는 우두머리. 그래서 어떤 것도 걱정할 일이 없는 존재라고 생각했다. 훈련할 때마다 아버지는 거듭해서 말했었다.

"아버지처럼만 하면 된단다. 아버지처럼만."

하지만 지금 눈앞에 있는 아버지는 분명 상처가 가득한 몸으로 누워 있었다. 신음과 함께 헛소리마저 흘러나왔다. 그 모습을 보며, 빤냐는 아버지처럼만 되면 모든 두려움이 사라질 거라는 무조건적인 믿음에 균열이 가는 것을 느꼈다. 우두머리. 오랜 결승점이자 막연한 희망. 그런 아버지가 쓰러졌다. 빤냐는 결심했다.

'직접 가봐야겠어. 어둠의 숲에.'

며칠이 지나 아버지는 부상에서 회복했다. 다시 먹을거리를 찾고, 빤냐를 훈련시키는 평범한 일상으로 돌아왔다. 하지만 아버지는 왠지 예전만큼 활기가 넘치지 않았다. 언제든 닥쳐올 수 있는 다른 원숭이들의 도전을 경계하는 듯도 했다. 이번 싸움이 퍽 힘들었던 아버지가 다음 싸움, 그리고 계속 이어질 싸움들을 언제까지 이겨낼 수 있을지는 알 수 없었다.

그리고 오래 지나지 않은 어느 이른 아침, 배불리 먹은 빤냐는 아무에게도 알리지 않은 채 회색 숲 북쪽을 향해 달리기 시작했다.

결국 자네도 오게 될 거야

얼마나 왔을까. 사방이 어두워진 느낌이 들었다.

'해가 벌써 졌을 리가 없는데.'

빤냐는 고개를 들었다. 빽빽한 잎사귀들 사이로 여전히 빛은 새어 들어왔다. 다만 나무가 높고 숲이 우거져서 확연히 회색 숲보다는 덜 밝았다. 어디쯤 왔는지 확인하고 싶어진 빤냐는 주변에서 가장 굵은 나무를 골라 타고 올라갔다. 키 작은 나무들을 제치고 꼭대기에 다다르자 비로소 사방이 한눈에 보였다. 동쪽, 서쪽, 남쪽으로는 숲이 넓게 펼쳐진 반면 북쪽으로는 그 경계가 얼마 남지 않았다. 북쪽 끝, 어둠의 숲. 빤냐는 본능적으로 목적지에 거의 도착했음을 알았다. 다시 아래로 내려온 빤냐는 주위를 살피며 걷기 시작했다.

'드디어 어둠의 숲이구나.'

두려움과 호기심으로 심장이 뛰기 시작했다. 앞으로 나아갈수록 어둠은 점점 짙어졌고 심장 소리는 점점 더 커졌다. 쿵쾅쿵쾅. 심장의 고동 소리가 커질수록 빤냐의 걸음은 조금씩 더 느려졌다.

여기에는 이를 잡지 않는 원숭이들이 산다고 했잖아.

그림자 목소리가 깨어나 말을 걸기 시작했다.

갑자기 나타나면 어쩌려고 그래. 도망도 못 칠 걸? 잡아먹힐지도 몰라!

그림자 목소리의 말에 빤냐는 두려움에 휩싸였다. 그들이 어떤 존재인지, 왜 조심해야 하는지, 어떻게 생겼는지조차 모르면서. 오히려 잘 모르기 때문에 더 두렵기도 했다.

여기까지 왔으면 많이 온 거야. 어둠의 숲에 와보긴 했으니깐. 이제 그만 집으로 돌아가자.

쿵쾅거리는 심장 소리를 배경으로 그림자 목소리는 계속 재깔댔다.

너를 도와줄 아버지도 없잖아!

그림자 목소리가 묵직하게 한 방을 날렸다. 사실이었

다. 심지어 아버지에게 이곳에 온다고 알리지도 않았다. 감당하지 못할 일을 저지른 것이 아닌가 싶었다. 빤냐의 마음이 흔들렸다.

'그만 돌아갈까.'

그때였다.

툭. 툭투툭!

큰 소리가, 뭔가 넘어지고 부러지는 소리가 가까이에서 났다. 놀란 새들이 푸드덕거리며 요란하게 날갯짓했다. 빤냐는 순간적으로 웅크렸다. 양팔로 머리를 감싸고는 수풀 사이에 몸을 한껏 파묻었다. 온몸이 요동쳤다. 눈을 꼭 감고 덜덜 떨었다. 머릿속에는 온갖 상상이 휘몰아쳤다. 머리 위에서 미끄러져 내려오는 뱀, 우르르 몰려오는 이를 잡지 않는 원숭이.

끝장이야 이제. 큰일 났어!

쓸데없이 여기에 왜 와서. 그렇게 얼른 집에 돌아가자고 했잖아!

그림자 목소리도 겁에 질린 듯 아우성쳤다. 밀려드는 상상과 그림자 목소리에 압도된 빤냐는 땅 위에 쪼그린 채 숨조차 쉴 수 없었다.

정적이 흘렀다.

팔이 간질거리는 느낌이 들었다. 한참 동안 아무 소리도 들려오지 않자, 빤냐는 조심스레 눈을 떴다. 팔뚝 위에서 손을 향해 한가로이 기어가는 작은 풀벌레 한 마리가 보였다. 이윽고 손등에 다다르자 풀벌레는 느릿하게 날개를 펴더니 부웅 하고 날아갔다.

살그머니 고개를 들었다. 커다란 뱀도, 그 어떤 원숭이도 보이지 않았다. 말 그대로 아무것도 없이 고요했다. 긴장이 조금 풀어졌다. 그제야 빤냐는 잔뜩 웅크린 자신의 모습이 보였다. 아버지처럼 제법 두꺼워진 팔이 겁을 집어먹은 아기 원숭이마냥 무릎을 꼭 끌어안고 있었다.

피식. 빤냐는 웃음이 나왔다. 이런 자기 모습을 본다면 아버지는 물론 다른 원숭이들도 낄낄대며 비웃을 것이 틀림없었다. 창피했다.

"아무것도 없잖아. 뭐가 무섭다고 쓸데없이."

빤냐는 일부러 강한 어조로 내뱉었다. 자기 자신에게, 그리고 그림자 목소리에게 하는 타박이었다. 그 때문인지 그림자 목소리는 쏙 들어가 자취를 감추었다. 두려움이 사라지자 다시 기운이 났다. 조심스레 일어나 일단 소리가 들린 쪽으로 가보기로 했다.

멀지 않은 곳에 갓 쓰러진 나무 하나가 눈에 들어왔다. 썩은 지 오래되어 보이는 아주 큰 나무였다. 아까 들린 큰 소리는 이 나무가 옆으로 넘어지면서 다른 나무와 가지들을 부러뜨린 소리였다는 걸 알았다.

'이것 때문이구나. 괜히 겁먹었네.'

빤냐는 고개를 쳐들고 주위를 둘러보았다. 부러진 나무 끝이 가리키는 방향에 누군가 있었다. 그루터기에 몸을 기대어 비스듬하게 앉아 있는 그것을 가만히 바라보았다. 작은 몸집, 회색 털, 늘어진 팔다리. 빤냐는 조심스럽게 그를 향해 다가갔다.

원숭이였다.

하지만 빤냐가 그동안 숲에서 매일 마주쳐온 원숭이들과 달랐다. 털은 듬성듬성 보기 흉하게 빠져 있었고, 얼굴은 말라 비틀어진 나뭇잎처럼 쭈글쭈글했으며, 팔다리는 앙상한 나뭇가지 못지않게 가늘었다. 이런 모습의 원숭이를 본 건 난생처음이었다. 빤냐는 가만히 그의 얼굴을 들여다보았다. 그러자 원숭이가 기척을 느낀 듯, 감고 있던 눈을 천천히 뜨고는 입을 열었다.

"누구…?"

"저는 빤냐라고 해요. 당신은 누구시죠?"

그가 손을 내저으며 말했다.

"젊은 친구로군. 여기는 젊은이가 올 곳이 아니야."

빤냐가 물었다.

"여기가 어둠의 숲인가요?"

그가 고개를 끄덕였다. 이 원숭이는 적어도 무서운 느낌을 주지는 않았다. 빤냐는 용기를 내어 다시 물었다.

"당신의 모습은 왜 그렇죠? 털이 빠지고, 팔은 가늘고…."

그가 귀찮은 듯 대답했다.

"나는 늙었어. 늙은이를 처음 보았군."

빤냐는 고개를 끄덕였다.

"늙어서 힘이 빠지면 더는 회색 숲에서 지낼 수 없어. 결국 자네도 여기 오게 될 거야."

빤냐가 무언가 더 물으려 하자 그가 다시 손을 들어 말을 막았다. 그러더니 손가락으로 흰 나무가 있는 쪽을 가리켰다.

"저리 가보게. 병든 원숭이가 있어."

흰 나무 아래에는 또 다른 원숭이가 있었다. 늙은 원숭이보다 상태가 더 안 좋았다. 털이 더 많이 빠져 있었고, 팔꿈치며 무릎은 돌부리처럼 툭툭 튀어나온 데다가, 살갗은 여기저기 큼지막하게 부풀어 올라 있었다.

"저기요."

빤냐가 조심스레 입을 열었다. 아무 움직임이 없었다. 빤냐는 가까이 다가가 그를 살펴보았다.

'원숭이의 몸이 이렇게까지 될 수 있다니.'

"저기요."

다시 한번 크게 부르자, 병든 원숭이가 희미하게 눈을 떴다. 흙탕물처럼 뿌연 눈동자가 빤냐를 응시했다. 입을 열어 무언가 말을 하려고 했지만 소리가 나오지 않았다. 빤냐는 가까이 귀를 가져갔다. 메마른 입 사이로 갈라진 소리가 새어 나왔다.

"물… 물 좀…."

"물이 어디 있나요?"

그는 겨우 손을 들어 자신의 등 뒤를 가리켰다. 빤냐는 일어나 그가 가리킨 방향으로 걸어갔다. 병든 원숭이를 보니 기분이 이상했다. 어지럽고 속이 울렁거렸다.

'저것이 병이 든다는 건가. 아버지도 언젠가 저렇게 되실까.'

빤냐는 싸움에서 상처를 입고 돌아온 아버지를 떠올려 보았다. 피를 흘리는 모습, 지쳐서 누워 있는 모습. 그래도 그런 상처와 피로는 뭐랄까, 해가 몇 번 뜨고 진 후에는 언제 그랬냐는 듯 깨끗이 사라지는 것들이었다. 배불리 먹고 강물에 뛰어들어 몸을 씻고 나면 아버지는 다시 평소의 모습으로 돌아왔다.

하지만 이 원숭이는 그렇지 않았다. 윤기 있는 털, 새까만 눈동자, 매끈한 살갗은 어디에서도 찾아볼 수 없었다. 이유는 잘 모르겠지만, 그가 다시는 예전의 모습으로 돌아갈 수 없을 것 같았다. 마치 그가 가진 중요한 무언가가 영원히 떠나버린 것처럼.

얼마쯤 걷자 물이 흐르는 소리가 들렸다. 꽤 커다란 개울에 깨끗한 물이 흘렀다. 빤냐는 물에 얼굴을 푹 담그고는 벌컥벌컥 들이켰다. 그리고 물을 담을 만한 것이 있는지 주위를 둘러봤다. 개울 저편, 가까운 곳에 코코넛 나무가 보였다. 빤냐는 개울을 건넜다.

나무 아래에 거의 다다랐을 때였다. 갑자기 역한 냄새가 콧속을 쿡 찔렀다. 처음 맡아본 냄새였다. 빤냐의 얼굴이 일그러졌다.

'무슨 냄새지?'

가만 보니 나무 뒤편에 무언가가 있는 듯했다. 나무 밑동 주변에 날벌레들이 윙윙거리는 모습이 보였다. 한 걸음씩 다가갈수록 냄새는 점점 더 역해져 숨을 쉴 수 없을 정도였다.

"헉."

그것은 원숭이였다. 아니, 원숭이의 몸뚱이긴 했다. 벌어진 입 사이로 드러난 허연 이, 그리고 길게 뽑힌 혀가 가장 먼저 눈에 들어왔다. 코와 눈이 있던 자리에서는 누런 물이 흐르고 있었다. 살갗은 보랏빛으로 부풀었고, 여기저기 벗겨진 검붉은 살에는 하얀 구더기가 꾸물거렸다.

분명 원숭이인데, 원숭이라고 부를 수 없는 것이 눈앞에 있었다. 생전 처음 보는, 상상조차 못한 모습을 마주한 빤냐의 몸은 순식간에 돌처럼 굳었다. 숨도, 생각도, 몸도 멈추었다. 심지어 역한 냄새마저도 더 이상 느끼지 못했다. 숲 전체가 빙글빙글 돌기 시작했다.

"우웩."

정신을 차렸을 때, 빤냐는 토를 하고 있었다. 목 깊은 곳에서 미끈거리는 것이 계속 치밀어 올라왔다. 토하고 또 토하느라 머리가 어지러웠고, 몸이 차갑게 식어 손끝 감각이 사라지는 듯했다. 울렁거리는 속에서 무언가 계속 올라왔다. 빤냐는 바닥을 짚고 쓰러졌다.

그때였다. 바로 앞에서 누군가의 기척이 느껴졌다. 빤냐는 온 힘을 다해 고개를 들었다. 원숭이였다. 제멋대로 뻗쳐 있는 헝클어진 털 사이로 안광이 빛났다.

그리고 빤냐는 정신을 잃었다.

살아 있는 모든 것은

똑. 똑. 똑. 똑.

물방울이 하나씩 떨어지는 소리가 들렸다. 빤냐는 눈을 떴다. 작은 굴 안이었다. 바닥에 깔린 두터운 풀이 푹신하게 몸을 감싸고 있었다. 입구 쪽으로부터 약간의 빛이 새어 들어왔다.

'여기가 어디지?'

빤냐는 고개를 돌려 주위를 살폈다. 굴 안쪽 어둠 속에 누군가가 있었다.

"깨어났나?"

낯선 목소리에 빤냐는 흠칫 놀랐다. 벌떡 일어나려 했

지만 몸이 말을 듣지 않았다. 휘청거리다 벽을 짚고 겨우 일어섰다. 아직은 조금 어지러웠다.

"그대로 있게."

어둠 속에서 그의 모습이 어렴풋이 눈에 들어왔다. 원숭이였다.

"어떻게…?" 빤냐가 힘겹게 물었다.

"정신을 잃었네."

잘 마른 풀더미처럼 부드럽고 편안한 목소리였다. 느리지도 빠르지도 않고 너무 높거나 낮지도 않은 목소리.

똑. 똑. 똑. 똑.

물소리가 다시 들렸다. 빤냐는 갑자기 목이 매우 말랐다. 그가 마치 그런 빤냐의 마음이라도 들여다본 듯 손짓을 했다.

"마셔도 되네."

바위에서 떨어진 물이 작은 웅덩이에 고였다. 코코넛 껍질도 옆에 있었다. 빤냐는 시원한 물을 여러 번 들이켰다. 물을 마시는 동안 슬쩍슬쩍 그를 바라보았다. 그렇게 크지 않은 몸집이었다. 오히려 보통 원숭이들에 비해 조금 야위어 보였다. 덕분에 무섭다는 생각은 별로 들지 않았다. 하지만 남달랐던 것은 유독 반짝이는 안광, 그리고 제멋대로 뻗쳐 있는 헝클어진 털이었다.

물을 마시자 기운이 조금 나며 정신이 들었다.

"후우우."

빤냐는 숨을 한 번 길게 내쉬며 물었다.

"고맙습니다, 제가 얼마나 이렇게 있었지요?"

"하루 동안이네."

"당신은 누구시죠?"

그는 잠깐 말이 없었다. 이윽고 짧게 답했다.

"쉬다가 가게."

그러곤 앉은 채로 눈을 감았다.

'방금 그 말이 작별 인사인가?'

빤냐는 궁금했지만 입을 열 수가 없었다. 눈을 감은 것이 방해하지 말라는 뜻 같았다. 편안한 목소리와 대비되는 간결하고 짧은 대답이 인상적이었다. 친절한 듯하면서도 말을 섞지 않으려는 그의 태도가 호기심을 자극했다. 빤냐는 조용히 그를 관찰했다. 보통의 원숭이들은 털을 긁거나, 재잘거리거나, 여기저기 시선을 끊임없이 옮기면서 쉴 새 없이 움직이는데 그는 달랐다. 꼭 필요한 동작이 아니면 미동조차 없었다. 그런 모습이 독특하고 또 고요한 인상을 주었다.

빤냐는 아직 떠나고 싶은 마음이 들지 않았다. 어차피 휴식도 조금 더 필요해 그를 따라 자리에 앉아 눈을 감았다. 서쪽 능선에서 앉아 있던 자세를 몸이 기억하는 것인지, 아니면 함께 앉아 있는 그의 영향인지 빤냐의 심신은 금세 편안함 속으로 빠져들었다. 시간이 동굴의 고요 속으로 스르륵 녹고 있었다.

얼마나 지났을까.

빤냐가 천천히 눈을 떴다. 그는 먼저 깨어나 빤냐를 바라보고 있었다. 근처에 아직 앉아 있는 빤냐의 모습에 약간은 놀란 표정이었다.

"가지 않았군."

빤냐가 씨익 웃으며 말했다.

"궁금한 게 있는데 질문해도 될까요?"

그는 아무 말도 하지 않았다. 빤냐는 허락을 기다리지 않고 연이어 물었다.

"제가 본 그것은 뭔가요. 분명 원숭이였는데."

"죽은 원숭이?"

"아마 그런 것 같아요."

빤냐가 고개를 끄덕였다.

"회색 숲에서 살았나?"

고개를 끄덕.

"거기를 벗어나본 적이 없고?"

다시 고개를 끄덕.

그는 알겠다는 듯한 표정을 지었다.

"회색 숲의 원숭이는 늙으면 어둠의 숲으로 온다네. 여기서 병들고 죽어가는 거야."

친구들에게 얼핏 들어본 이야기였다. 늙음, 병, 죽음. 아버지는 그런 것들에 대해 자세히 말해주지 않았다.

"저도 그렇게 되나요?"

"살아 있는 모든 것은 죽는다네."

"한 번도 그런 생각을 해본 적이 없어요."

잠시 머뭇거리던 빤냐가 덧붙였다.

"하지만 그게 뭔지 알고 싶어서 여기 온 거예요."

빤냐의 말을 들은 그의 입가에 아주 엷은 미소가 떠올랐다. 그러면서도 말을 더 이어가지는 않았다. 빤냐는 그가 무언가 답을 알고 있으리라는 느낌이 들었다. 그리고 그 답이 자신에게 중요한 의미가 되리라는 것도.

"알려주세요."

빤냐가 부탁했다. 하지만 그는 묵묵부답이었다.

"그만 가게. 나중에 자연스럽게 알게 될 거야."

고작 그 말을 던지고는 다시 눈을 감았다.

빤냐는 호기심이 오기로 바뀌는 것을 느꼈다. 무슨 답이든 듣고야 말겠다는 마음이 일었다. 그를 따라 다시 눈을 감았다. 두 원숭이가 눈을 감고 앉아 있는 동안 시간이 흘러갔다.

죽음을 아는 원숭이

지금 여기서 뭘 하는 거야?

그림자 목소리였다. 잠에서 깬 그것이 다시 말을 걸어 왔다.

나가자고. 배도 고프잖아.

문득 허기가 느껴졌다. 음식을 먹은 지 꽤 됐다는 생각이 스쳤다.

바보같이 지금 뭘 하는 거야. 저 자는 너를 무시하는 거라고.

그림자 목소리가 화를 부추겼다. 사실 그림자 목소리의 지적은 제법 예리했다. 걱정이든 두려움이든 분노든 빤냐의 마음이 흔들릴 만한 부분을 짚어냈는데, 그 의도는 종종 성공을 거두곤 했다.

빤냐는 심란해지는 것을 느꼈다. 그림자 목소리가 계속 지껄이는 바람에 고요함의 균형이 깨지고 있었다. 더는 버티기 힘들었다. 짜증이 난 빤냐는 그림자 목소리를 향해 윽박질렀다.

"시끄러워!"

그 순간, 앞에 앉아 있던 원숭이가 눈을 떴다.

"무슨 말이지?"

빤냐는 자신이 무의식중에 입 밖으로 소리를 냈다는 사실을 깨달았다. 예전에도 몇 번인가 그림자 목소리와 다투다 헛소리를 내뱉은 적이 있었다. 그때마다 놀란 아버지에게는 잠꼬대라고 평계를 대며 넘어가곤 했다. 하지만 왠지 지금은 사실대로 말하는 게 좋을 듯싶었다.

"그림자 목소리예요."

빤냐는 자신을 괴롭히는 내면의 목소리에 대해 설명했다. 그것이 말을 건다는 점, 두려움이 커질수록 더 시끄러워진다는 점, 특히 밤에 자주 찾아온다는 점을 이야기했다.

빤냐의 말을 유심히 듣던 그의 안색이 바뀌었다.

"자네는 '소리'를 듣는 원숭이로군!"

"소리를 듣는 원숭이요? 그게 뭔가요?"

그는 대답 대신 빤냐에게 가까이 다가왔다.

"죽음이 무엇인지 알고 싶어 여기에 왔다고 했지? 좋아. 그렇다면 알려주지."

그는 형형한 눈빛으로 빤냐를 똑바로 바라보았다. 지금까지와는 완전히 다른 태도였다.

"자네나 나나 지금 이렇게 살아 있지. 하지만 시간이 지나면 늙음이 찾아온다네. 늙음은 절대로 요란하게 오지 않아. 자네, '시들어버린' 풀을 본 적이 있겠지. 하지만 풀이 '시들어가는' 순간을 본 적이 있나? 단언컨대 없을 거야. 늙음은 정말 조용히 찾아오기 때문에 아무도 그 순간을 볼 수는 없어. 자신도 모르는 사이에 이미 늙어 있는 자신을 발견하게 되지. 그래서 세상에는 두 종류의 원숭이가 있다고 할 수 있어. 자기는 늙지 않을 것처럼 사는 젊은 원숭이와 다시는 젊어질 수 없는 늙은 원숭이라네.

늙음은 항상 병을 데리고 와. 병으로 우리 몸이 망가지는 것이지. 그런데 어디가 망가졌는지, 왜 망가졌는지가 눈에 보이지 않아. 그래서 무서운 거야. 사실은 말이지, 세상에서 진짜 무서운 건 눈에 보이지 않는 것들이거든. 자네는 무엇이 두렵나. 커다란 뱀? 다른 원숭이? 뱀은 보면 피할 수 있고, 다른 원숭이는 맞서 싸울 수 있다네. 눈으로 볼 수 있는 것은 도망칠 방법도, 막을 방법도 있는 법이야. 그러니 자네가 두려운 것이 있거든, 스스로 물어보게. 그것이 눈에 보이는지. 만약 보인다면 두려워하지 말게나. 눈에 보이는 한, 해결할 방법도 분명히 있으니까.

죽음이란 태어난 모든 이의 종착지일세. 늙음과 병듦의 끝이기도 하고. 늙고 병들면 몸이 점점 느려져. 그러다 마침내는 완전히 멈추게 되지. 숨을 쉬는 것마저도 말이야. 사실 죽음은 과정일세. 삶, 늙음, 병듦, 그리고 죽음으로 서서히 이어지는 과정. 우리는 '살아 있는 원숭이', 자네가 보았던 그는 '죽은 원숭이'라고 쉽게 나누지만 실제로는 그렇지 않아. 살아 있다는 건 곧 죽어간다는 뜻이니까. 늘 기억해야 한다네. 한 번 숨을 쉬는 이 순간에도 우리는 착실히 죽어가고 있다는 사실을."

그는 늙음, 병듦, 죽음의 모습을 자세하게 묘사했다. 몸이 어떻게 변하고, 어떻게 흩어지는지 마치 눈앞에서 펼쳐지듯 생생하게 전달했다. 빤냐는 그의 설명에 숨 쉬는 것도 잊을 만큼 귀를 기울였다. 조금 전까지 말을 아끼며 거리를 두던 태도와는 정반대의 아주 상세한 설명이었다.

빤냐는 갑자기 달라진 그의 모습에 의아함을 느꼈다. 그러나 그 의아함마저 곧 잊을 정도로 그의 가르침은 깊이가 있었다.

"자네가 죽음을 처음 본 것은 아닐 거야. 시들어버린 풀, 부러진 나무, 더는 움직이지 않는 풍뎅이. 이런 것들을 본 적 있지 않나? 숲에는 널려 있으니. 그런데 왜 자네는 구태여 죽음이 알고 싶어서 여기까지 온 것일까? 또 죽은 원숭이를 직접 보고는 왜 정신을 잃었을까? 이유는 간단하네. 자네는 그간 숱한 죽음을 보아 왔으면서도 단 한 번도 그걸 자네의 일로 여긴 적이 없기 때문이야. 그러다 자네와 똑같은 원숭이의 몸이 흩어지는 모습을 눈으로 본 걸세. 그제야 자네에게도 죽음이 의미를 지니게 된 거지. 죽음은 도처에 있고 우린 매 순간 죽어가지만, 정말 가까운 이의 죽음을 보기 전까지는 자신이 죽는다는 사실을 다들 모르고 살아. 축하하네. 이제 자네는 '죽음을 아는 원숭이'로 거듭났다네."

잠자코 듣기만 하던 빤냐가 입을 열었다.

"이것이 왜 축하할 일인가요?"

그가 아주 크게 웃으며 답했다.

"삶과 죽음은 다르지 않거든. 죽음을 모르면 삶을 모르지. 삶을 모르는데 어떻게 제대로 살 수 있겠나. 어떤가, 당연히 축하할 일 아니겠나?"

망고의 맛

빤냐는 귀를 기울여 그의 설명을 들었다. 어둠의 숲에서 본 늙은 원숭이, 병든 원숭이, 죽은 원숭이의 모습을 차례로 떠올렸다. 그리고 자신이 그런 모습으로 변해가는 장면을 상상해보았다. 솔직히 실감이 나진 않았지만 한 가지만큼은 확실했다. 정말이지, 그렇게 되고 싶지 않았다. 빤냐는 심각한 표정으로 물었다.

"혹시 다른 방법은 없나요? 그렇게 되지 않을 수 있는 방법이요. 어떤 훈련을 한다든가…."

그가 그런 빤냐의 말에 웃었다.

"여기 고요한 강이 하나 있네. 강물 속에 물방울 하나가 유유히 떠내려가고 있었지. 그런데 어느 날, 그 물방울이 무서운 이야기를 들은 거야. 저 아래 어딘가에 폭포라는 게 있어서, 거기에 다다르면 끔찍한 일을 겪어야 한다고. 높은 낭떠러지에서 떨어진 다음 바위에 부딪혀 산산이 부서져야 한다고 말이지.

충격을 받은 물방울은 두려움에 떨었어. 그리고 폭포에 떠내려가지 않을 방법을 찾아 여기저기 묻고 다녔다네. '다른 방법은 없나요? 그렇게 되지 않을 수 있는 방법이요.' 생각해보게. 그런 방법이 있을까?"

빤냐는 잠시 침묵했다. 그리고 고개를 저었다.

"없을 것 같아요."

"살아 있다는 건 계속 흘러가는 강물과 같아. 아직 보이지 않더라도 저 아래 어딘가에 반드시 폭포가 있지. 서두르지도 멈추지도 않는 강물처럼, 삶도 그렇게 계속 흘러가는 거야. 자기 자신만의 속도로, 폭포에 닿을 때까지. 늙을 수밖에 없는 몸을 가지고 늙지 않기를 바라는 것, 병들 수밖에 없는 몸을 가지고 병들지 않기를 바라는 것, 그리고 죽을 수밖에 없는 몸을 가지고 죽지 않기를 바라는 것. 바로 그것이 두려움이라네.

사실, 죽음은 두려운 것이 아니야. 저 밖에 있는 나무를 보게. 수많은 나뭇잎이 새로 돋아나고, 시들어 떨어지고 있지. 나뭇잎 하나를 보자면 꼭 태어나고 죽는 것 같지만, 나무 전체의 관점에서 태어나고 죽는 게 과연 있겠는가. 그저 하나의 과정일 뿐이지. 죽음이 원래 두려운 것이 아니라, '죽지 않기를 바라는 마음' 때문에 죽음이 두려운 거야."

"그러면 죽고 난 뒤에는 어떻게 되는 건가요? 제가 죽으면, 그때 저는 어떻게 되는 거죠?"

지금까지 막힘없이 대답하던 그가 입을 다물었다. 무언가를 곰곰이 생각하는 듯했다. 잠시 침묵이 흐른 뒤, 그가 이렇게 물었다.

"자네는 지금 '제가 죽으면'이라고 말을 했지. 그런데 '나'는 어디에 있는 거지?"

"여기요. 여기 팔도 있고 다리도 있어요. 이게 저예요."

빤냐는 팔을 매만지며 당연한 듯 대답했다.

그가 조용히 미소를 짓더니 다시 말을 이어나갔다.

"바나나가 주렁주렁 열린 바나나 나무를 하나 상상해보게. 그런데 어느 날 원숭이들이 바나나를 모조리 따가서 하나도 남지 않은 거야. 그래도 '같은' 바나나 나무인가?"

"그럼요."

"바나나가 다 사라진 나무는 서서히 시들기 시작해. 시들어버린 잎사귀가 하나둘 떨어지고 결국 줄기만 남았네. 그래도 '같은' 바나나 나무인가?"

"그런 것 같아요."

"줄기마저 시들고 마르면 끝내 꺾여 나중에는 밑동처럼 보이는 부분만 조금 남겠지. 그래도 '같은' 바나나 나무인가?"

"그렇긴 한데….'

"계절이 바뀌면 그 밑동에서 다시 새 줄기가 돋고, 새잎이 자라고, 새 바나나가 열리지. 다시 먹음직스러운 바나나가 주렁주렁 달렸을 때, 그것 역시 '같은' 바나나 나무인가? 이전의 바나나 나무와 지금의 바나나 나무는 잎사귀 한 장 같은 것이 없는데도?"

빤냐는 입을 다물었다. 질문이 너무 어려웠다. 한 번도 해본 적이 없는 생각이었다.

"모르겠어요."

"자네에게는 어려운 것이 당연해."

그가 자상한 표정으로 말을 이어갔다.

"죽은 뒤에 어떻게 되느냐고 물었지? 죽은 뒤에 '자네'가 어떻게 되는지 궁금한 거고. 나는 오랫동안 그 답을 찾아왔고, 이제 거의 답을 찾아낸 것 같네."

빤냐가 눈빛을 반짝이며 몸을 앞으로 기울였다. 한층 집중할 때 나오는 자세였다.

"하지만 알려줄 수는 없어."

설명을 안 하겠다는 말에 동굴 속의 유일한 출구가 무너지는 느낌이었다. 빤냐는 더 궁금해졌다.

"지금까지는 잘 알려주셨잖아요."

더 알고 싶어 하는 빤냐가 기특한지 그는 미소를 지었다.

"자네 혹시 망고를 먹어본 적 있나?"

빤냐는 고개를 가로저었다.

"아니요. 처음 듣는데요."

"그렇겠지. 회색 숲에는 망고가 없으니까. 나는 망고의 맛을 알아. 멀리 떨어진 다른 숲에서 먹어보았거든. 자, 이제 내가 자네에게 설명을 해주면 자네가 망고의 맛을 알 수 있을까?"

"아뇨. 먹어보지 않고 어떻게 알겠어요."

"바로 그거야. 죽음 뒤에 어떻게 되느냐. 내가 그 답을 알더라도 자네에게 전해줄 수는 없어. 죽음 뒤에 어떻게 되는지가 정말 궁금하다면 자네가 직접 먼 숲까지 가보게. 망고를 경험해봐."

마르가가 보내는 신호

빤냐는 한참 동안 아무 말이 없었다. 골똘히 생각하는 표정이었다. 설명을 멈춘 그도 특유의 고요함으로 기다려 주었다. 빤냐의 내면에서 생각이 무르익을 때까지 시간을 충분히 주는 듯했다. 그리고 마침내 빤냐가 입을 열었다.

"어떻게 살아야 할지 모르겠어요."

그 말의 의미를 짐작한다는 듯 그가 아주 옅은 미소를 지었다. 빤냐가 천천히 말을 이었다.

"아버지는 회색 숲의 우두머리였어요. 저도 아버지처럼 되고 싶어서 열심히 살았죠. 우두머리만 되면 아무 문제가 없을 거라 믿었거든요. 먹을거리든, 다른 원숭이든, 그 어떤 문제든요. 하지만 이제는 뭐랄까… 알아버린 것 같아요. 아버지처럼 된다고 해서 모든 것이 해결되지 않는다는 사실을요. 솔직히 말하자면 예전부터 어렴풋이 의심이 들기는 했어요. 우두머리인 아버지가 싸우고 버티느라 힘겨워하는 모습을 보면서요.

그런데 이번에 확실히 알았어요. 확인한 거죠. 애써 외면하려 했던 진실을요. 또 한편으로는, 구태여 아버지처럼 되면 무얼 하나 싶은 마음도 들어요. 어떻게 살든 결국 늙고 병들고 죽을 텐데. 그래서 앞으로 어떻게 살아야 할지 모르겠어요."

그가 웃었다. 이번에는 얼굴 가득 완연한 웃음이었다. 빤냐는 어리둥절한 표정이 되었다. 왜 웃는 건지 의아했다. 그 표정을 지긋하게 바라보던 그가 입을 열었다. 더할나위 없이 명료하고도 단호한 목소리였다.

"마르가를 찾아야지."

빤냐는 귀가 번쩍 뜨이는 듯했다.

"마르가요?"

그가 한층 깊고 진지한 목소리로 이야기를 이어갔다.

"한 번 태어난 이상 죽음을 맞이하는 건 정해져 있지만, 그 사이의 시간을 어떻게 채울지는 정해진 게 없어. 하지만 지혜로운 원숭이라면 이 삶에서 주어진 가장 중요한 일을 선택하지. 바로 마르가를 찾는 일 말이네."

"마르가가 뭐예요?"

"이번 삶에서 도달해야 할 그대만의 '자리'네. '길'이라고 해도 좋고, '해답'이라고 해도 좋아. 혹은 살아가야 할 '이유'일 수도 있지. 어떤 식으로 표현하든, 마르가가 이번 삶에서 도달해야 할 목적지라는 사실은 달라지지 않아."

"마르가는 어떻게 찾아요?"

"가장 쉬운 방법을 알려주지. 문제가 있는 곳에 마르가가 있다네. 자네에게 어떤 문제가 있다면 그 문제를 향해 곧장 나아가게. 그 길 위에서 마르가를 찾게 될 걸세."

"문제라…. 어떤 것이 제 문제인지…."

미소를 띤 그가 자상한 말투로 설명을 이었다.

"어렵지 않네. 살다 보면 반복해서 나타나는 문제가 있거든. 자네를 움켜쥐고 놓아주지 않는 것 말이야. 이걸 해결하지 않으면 내 삶이 앞으로 나아갈 수 없을 것 같은 불안한 감정이 드는데, 그 문제가 바로 마르가가 보내는 신호일세."

"듣기에는 별로 좋아 보이지 않는데요? 마르가를 찾는 일이 즐거울 것 같지도 않고요."

"맞아. 쉽게 찾을 수 있다면 그건 마르가가 아니지. 대부분의 원숭이들은 그 신호를 알아차려도 직면하길 꺼린다네. 귀찮기도 하고, 두렵기도 하고, 힘들기도 하거든. 그래서 덮어두고 애써 무시하려 하지. 골치 아픈 문제가 더 커지지 않기만을 바라면서.

하지만 그런 식으로는 결코 아무것도 해결되지 않아. 잠시 사라진 것 같아도, 잠깐 눌러놓은 듯싶어도 문제는 반드시 불쑥 튀어 올라 삶을 힘들게 만든다네. 마르가가 보내는 신호이니까. 그래서 시간이 많이 지나도, 나이를 훌쩍 먹어도 삶이 자꾸만 제자리를 맴도는 기분이 드는 거야."

"그럼 마르가가 저에게도 신호를 보내고 있을까요?"

"스스로 질문해보게. 나를 힘들게 만드는 것은 무엇인가. 나는 무엇 때문에 오랫동안 괴로워해 왔는가. 외부의 과제일 수도 있고, 내면의 문제일 수도 있네. 그것을 마르가가 보내는 신호라고 생각해보게나. 어쨌거나 모든 원숭이는 각자 자신만의 마르가를 가지고 있거든."

잠시 고개를 갸웃거리던 빤냐가 다시 물었다.

"아직 잘 모르겠어요. 아무튼 마르가를 찾았다고 치고요. 그다음에는 어떻게 살아야 해요?"

"그건 내가 이야기할 필요가 없다네. 마르가가 알려줄 테니까. 그때가 되면 걱정도, 고민도 없지. 무엇을 하든 더 없는 평화로움 속에서 살게 될 거야."

빤냐가 흡족한 듯 표정이 환해졌다.

"마음에 드네요. 저도 마르가를 찾고 싶어요. 그러면 지금 정확히 무엇을 해야 하죠?"

"결심과 기억이네. 마르가를 반드시 찾겠다는 결심. 그리고 그 결심을 잊지 않는 기억. 삶을 바꾸는 일은 항상 결심에서 시작하고 기억으로 지속하는 거야. 자네가 진실로 결심하고 기억한다면 마르가는 계속 자네에게 길을 알려줄 거야."

그는 잠시 말을 멈추었다가, 다시 천천히 이어갔다.

"하지만 이 모든 것에 앞서 분명히 해야 할 게 있네. 지금 내 삶의 문제가 무엇인지, 다시 말해 마르가가 나에게 보내는 신호가 정확히 무엇인지를 아는 일일세. 욕심, 시기심, 초조함… 그 밖에 어떤 이유로든 많은 원숭이가 별로 중요하지 않은 다른 것에 초점을 맞추지. 그렇게 살면 아무리 애를 써도 삶은 본질적으로 나아지지 않아. 그저 약간의 이익을 챙기거나 호기심만 충족할 뿐, 마르가와는 거리가 먼 삶을 살게 된다네."

나는 무엇 때문에 괴로웠을까

밤이었다. 굴 안으로 달빛이 새어 들어왔다. 똑똑똑 떨어지는 물방울 소리는 여전했다. 그는 평평한 돌 위에 자리를 잡고 앉아 눈을 감았다. 이번에는 방해하지 말아달라는 부탁을 건넨 뒤였다.

"삶과 죽음을 탐구할 시간이라네."

빤냐는 유심히 그를 바라보았다. 미동이 없었다. 아예 움직일 기색도 안 보였다. 짐짓 빤냐를 무시한 채로 앉아 있던 때보다 훨씬 더 깊고 고요한 기운이 느껴졌다.

'잠이 든 걸까? 깨어 있기는 한가?'

알 수 없었다. 빤냐는 그에게서 시선을 거두었다. 벽에 등을 편히 기댄 채 오늘 하루 그와 함께 보낸 시간을 떠올려 보았다.

다음 날, 그는 빤냐를 어둠의 숲 구석구석으로 이끌었다. 처음에 애써 거리를 두던 태도는 언제 그랬냐는 듯 사라졌다. 이제 그는 자상하고 동시에 열정 가득한 스승의 모습이었다. 해가 저물어 어두워질 때까지 그는 숲 곳곳에 널브러진 늙고 병들고 죽어 있는 원숭이들을 보여주었다. 마치 앞으로 빤냐가 삶에서 마주할 순간들을 하나하나 눈앞에 펼쳐놓은 것 같았다.

이제는 빤냐도 놀라거나 쓰러지지 않았다. 다만 그들의 모습에서 자신과 아버지의 모습을 떠올렸다. 언젠가 시간이 지나면 아버지도 자신도, 어둠의 숲으로 와 저들처럼 될 거라는 사실만이 머릿속에서 더욱 또렷해졌다. 그 전에 무언가 의미 있는 일을, 그의 가르침대로 마르가를 찾아야 한다는 생각이 점점 강해졌다.

숲이 어둠에 잠기자 두 원숭이는 굴로 발길을 돌렸다. 그때 빤냐가 물었다.

"그런데 왜 이곳에 사시나요? 여기는 어둡고, 친구도 없고, 또⋯."

빤냐는 '무서운 곳인데'라는 말이 입밖으로 나오려던 것을 꿀꺽 삼켰다.

"늙고 병들고 죽어가는 원숭이가 오는 곳인데, 내가 왜 여기 있는지 묻고 싶은 게지?"

그는 걸음을 멈추고 빤냐의 눈을 똑바로 바라보았다. 빤냐는 움찔했다. 사실 처음 만났을 때부터 궁금했던 질문이었다.

"네, 맞아요."

"마르가가 나를 여기로 이끈 것이지."

빤냐는 눈빛을 반짝이며 몸을 앞으로 기울였다.

"나도 자네처럼 회색 숲에 사는 평범한 원숭이였네. 그러다 더 넓은 세상을 보고 싶어 여행을 했지. 그저 세상의 끝까지 가보고 싶었어. 초원을 지나 큰 숲, 그 너머 바다까지. 그러던 중에 죽을 고비를 겪었네. 사실 거의 죽었다 살아났어.

그런 일을 겪고 나니 모든 것들이 무의미해지더군. 오직 한 가지 문제만 제외하고 말이야. 죽음, 그리고 죽은 다음에 어떻게 되느냐. 자네가 물었던 그 질문이었지. 온통 그 생각뿐이라 먹어도 맛을 몰랐고, 비를 맞아도 젖는 줄 몰랐다네. 마르가가 보내는 신호였던 거지. 그러다 삶과 죽음의 문제를 풀기 위해 오랫동안 애쓰는 원숭이들이 있다는 걸 알게 되었네. 그리고 나는 자연스럽게 그들 가운데 하나가 되었어."

"운이 좋았군요?"

"아니야. 운이 아닐세. 마르가가 이끈 거지. 겉으로 운처럼 보이는 우연함은 사실 마르가의 인도라네. 그렇게 만난 그들은 보통의 원숭이들과는 전혀 다르게 살아가더군. 먹을거리를 구하는 데 연연하지 않고, 서열을 가리기 위한 싸움에도 말려들지 않아. 죽지 않을 만큼만 먹고, 구태여 즐기기 위해 애쓰지도 않네. 각자 따로 사니 서로 다툴 일도 없고. 대신 여러 방식으로 삶과 죽음을 탐구하는 데 시간을 보내지. 죽음이 다가오는 모습을 고스란히 지켜보는 것도 그중 하나야. 죽은 뒤에 몸에 무슨 일이 일어나는지를 철저히 알아가는 것도 그렇지. 자네가 기절해 쓰러졌을 때, 나도 그 근처에 있었다네. 죽은 원숭이를 며칠째 지켜보고 있었거든. 이런 일을 하기에 이 어둠의 숲만큼 좋은 곳이 또 어디 있겠는가."

아버지에게 여러 훈련을 받아온 빤냐였지만, 그의 탐구 방식은 말 그대로 처음 들어보는 것이었다.

'죽은 뒤에 일어나는 일을 알아간다니!'

호기심이 남다른 빤냐는 그가 하는 탐구가 어떤 것인지 궁금해졌다. 삶과 죽음의 문제를 해결한다는 말도 대단히 특별해 보였다.

"그 탐구를 저도 해볼 수 있나요?"

그는 침착한 말투로 답했다.

"물론이지. 자네의 마르가가 거기에 있다면."

그와 함께한 하루가 저물었다. 달빛이 스며드는 고요한 굴 안에서 빤냐는 깊은 생각에 잠겼다. 그가 보여준 것, 들려준 것, 가르쳐준 것을 마음속에서 계속 곱씹었다.

마르가. 그는 마르가가 삶이 주는 선물이라고 했다. 그것을 향해 갈 때 삶이 새로운 단계로 들어선다고. 쉽지 않은 길임은 분명하지만 그만큼 큰 보답이 있다고도 했다. 하지만 그전에 확실히 해두어야 할 점은 '마르가가 보내는 신호'라고 여러 차례 강조했다. 그것을 모른 채 길을 나서는 것은, 마치 신중하지 못한 원숭이가 쥐가 사는 굴과 뱀이 사는 굴을 구분하지 않고 구멍에 손을 집어넣는 것과도 같다면서.

빤냐는 자신의 마르가가 어디에 있을지 생각했다. 마르가가 보내는 신호가 무엇일지도.

'나를 힘들게 만드는 것. 내가 오랫동안 괴로워한 것…'

어둠의 숲을 찾아와 늙고 병들고 죽은 원숭이를 차례로 만나면서 삶과 죽음에 대해 궁금해진 것은 사실이었다. 그리고 그와 이야기를 나누면서 지금까지와는 다른 차원의 생각을 하게 된 것도 틀림없었다. 하지만 죽음과 죽음 이후에 대한 고민이 자신을 오랫동안 움켜쥔 문제였던가. 그건 아니었다. 작은 이익이나 호기심 때문에 신호를 잘못 판단해서는 안 된다는 그의 조언이 떠올랐다.

'다른 원숭이들은 무엇 때문에 괴로워하지?'

빤냐는 회색 숲의 원숭이들을 떠올려보았다.

먼저 먹을거리를 구하지 못해 힘들어하는 원숭이들이 생각났다. 계속되는 굶주림.

주변 원숭이들과 자주 다투는 이들은 늘 예민했고 신경이 곤두서 있었다. 관계, 그리고 갈등.

아버지의 우두머리 자리를 노리느라 항상 긴장과 싸움 속에서 살아가는 원숭이도 있었다. 지위, 혹은 욕심.

'나의 문제는 무엇인가.'

'무엇이 나를 힘들게 하는가.'

'나는 무엇 때문에 괴로웠던가.'

빤냐는 배를 곯는 일이 다른 원숭이들에 비해 상대적으로 드물었다. 아버지 덕분이었다. 다른 원숭이들에게 직접 공격을 받는 일도 거의 없었다. 역시 아버지 덕분이었다.

'운이 좋게도 나는 아버지 덕분에 편하게 살았구나.'

빤냐는 새삼 아버지에게 고마움을 느꼈다. 아버지와 함께하는 훈련 시간이 무척 힘든 것은 사실이었다. 하지만 괴로웠다고 표현하는 것은 맞지 않았다.

'몸이 고통을 느끼는 것과 삶이 괴로운 건 확실히 달라. 훈련이 고돼 손가락 하나 움직일 수 없을 만큼 힘들었을 때, 마음은 오히려 새처럼 가벼웠어.'

그 순간 빤냐는 깨달았다.

'마음! 힘들다는 것은 몸이 아니야. 내 마음을 힘들게 하는 것. 그것을 찾아야 하는 거야.'

마음을 힘들게 했던 것. 오랫동안 마음을 괴롭혔던 것. 해결하고 싶어도 도저히 없애버릴 수 없었던 마음의 괴로움. 초점을 마음에 맞추자 금세 실마리를 찾아냈다.

'그래. 나는 늘 무서운 게 많았어. 막연한 두려움. 그리고 그럴 때마다 그림자 목소리가 나타나 나를 힘들게 했지. 혹시 이 문제에서 마르가를 찾을 수 있을까?'

빤냐는 스스로 묻고 답하며 천천히 점검하기 시작했다.

두려움이라는 감정을 마르가가 보내는 신호라는 관점에서 바라보았다.

두려움은 나를 괴롭게 만드는가?

그렇다.

두려움은 아주 오래 묵은 괴로움인가?

그렇다.

두려움은 쉽게 해결되지 않는 문제인가?

그렇다.

두려움을 넘어서지 않고는 삶이 앞으로 더 나아갈 수 없는가?

그렇다.

그리고 나는, 지금까지 두려움과 직면하는 것을 꺼리고 피해왔는가?

그렇다.

빤냐는 등줄기를 타고 전율이 흐르는 것을 느꼈다. 가슴속에서도 뜨거운 무언가가 울컥 치밀어 올라왔다. 무엇을 해야 할지 이제 알 것 같았다.

어차피 모르는 걸 어떻게 상상하겠어?

새들이 지저귀는 소리가 햇살을 타고 굴속 깊이 파고들었다. 빤냐는 아침의 상쾌한 공기를 한입 가득 삼켰다. 가슴 한가운데서 찌르르한 기운이 일더니 온몸 구석구석까지 서서히 퍼져나갔다. 새벽녘에 잠깐 눈을 붙였을 뿐인데, 며칠을 푹 자고 난 듯 개운했다. 그림자 목소리가 아예 찾아오지 않은 밤은 참 오랜만이었다.

"이제 일어났는가."

따스하고 편안한 목소리가 빤냐를 깨웠다. 그는 어젯밤과 같은 자리에서 변함없는 자세로 앉아 있었다.

"잠을 아예 안 주무신 건가요?"

그가 부드럽게 미소 지었다.

"제대로 사는 법을 안다면, 아주 조금만 자도 충분하지. 자네도 푹 쉰 듯한 얼굴이군."

빤냐도 미소를 지었다. 왠지 그의 말을 이해할 수 있을 것 같았다.

"어젯밤에는 그림자 목소리가 찾아오지 않았어요."

"평소와 무엇이 달랐지?"

"음… 마르가가 보내는 신호가 뭔지 계속 생각했어요."

그가 알겠다는 듯 고개를 끄덕였다.

"그것이 마르가의 선물이야. 마르가에 다가갈 때 뜻밖의 선물을 받는 경우가 종종 일어난다네. 그동안 자네를 붙잡던 낮은 차원의 자잘한 문제들이 자취를 감추는 경험도 드물지 않고. 마치 태양이 뜨면 안개가 사라지는 것과 비슷한 이치네. 자, 그래서 마르가가 보내는 신호를 알아냈는가?"

"네, 알았어요."

"잘된 일이군. 무엇인지 말해줄 수 있겠나."

"그럼요."

대답을 하려는 순간, 빤냐는 지금껏 경험해보지 못한 색깔의 자신감이 차오르는 것을 느꼈다. 고된 훈련을 마쳤을 때나 먹을거리를 잔뜩 구했을 때와의 자신감과는 사뭇 달랐다. 가슴속이 빛으로 가득해지는 감각. 그것을 입으로 토해내고 싶은 충동.

"저는 어릴 적부터 두려움이 많았어요. 이유 없는 막연한 두려움이요. 그림자 목소리도 제가 가진 두려움을 노리고 나타나는 것 같아요. 마치 상처가 난 곳을 일부러 때리듯이 말이죠. 그래서 두려움을 넘어서고 싶어졌어요. 제게 두려움은 아직 한 번도 올라가본 적 없는 높은 절벽 같은 거예요. 그 위에 올라가서 뭐가 있는지 보고 싶어요. 두려움이 마르가가 보내는 신호라면, 그것을 넘어서는 길에서 마르가를 찾을 수 있을 거예요."

그는 미동도 하지 않은 채 빤냐의 말을 듣고 있었다. 온 마음을 다해 집중하고 있음이 느껴졌다. 그의 태도 때문일까, 빤냐의 충동은 단호함을 넘어 결연한 기분마저 들었다. 신기했다. 그는 지금, 진심으로 듣는다는 것이 무엇인지 눈앞에서 보여주고 있었다.

"결심과 기억이라고 하셨죠. 진실로 결심하고 기억한다면 방법은 찾아진다고요. 그래서 그렇게 해보려 해요. 저는 회색 숲에서만 살아왔어요. 아버지처럼 되면, 우두머리가 되면 모든 문제가 해결될 거라 여겼고요. 하지만 여기에 와서 그게 아니었다는 사실을 깨달았어요. 작은 숲을 벗어나 늙고 병들고 죽은 원숭이를 직접 보지 않았다면 이런 깨달음이 없었을 거예요. 그래서 더 멀리 가보고 싶어요. 회색 숲을 떠나서요. 회색 숲도 아니고, 어둠의 숲도 아니라면 어딘가에서는 마르가를 찾을 수 있겠죠. 세상 끝까지 가보면 되지 않을까요? 솔직히 말하면 무엇을 해야 할지, 어떻게 해야 할지 전혀 모르겠어요. 그런데 이런 생각이 들더라고요. '어차피 모르는 걸 어떻게 상상하겠어?'"

귀를 기울이던 그가 천천히 고개를 끄덕였다. 환한 미소가 그의 얼굴에 피어났다.

"잘했네. 막연한 두려움이 마르가가 보내는 신호라면, 무엇을 해야 할지 혹은 어떻게 해야 할지는 고민하지 말게. 결심과 기억이 자네를 이끌 테니까. 두려움과 맞닥뜨려야 할 일이 끊임없이 찾아올 거야. 피해서는 안 되네. 그것이 마르가가 인도하는 방식이라는 사실을 잊지 말기를. 문제가 있는 곳에 마르가가 있어."

그는 빤냐를 어둠의 숲 경계까지 배웅해주겠다고 했다. 둘은 굴 밖으로 나와 천천히 걷기 시작했다. 빤냐는 그와 함께한 며칠이 굉장히 긴 시간처럼 느껴졌다.

"마르가를 찾으면 알 수 있을까요? 제가 그것을 찾아냈다는 사실을요."

"물론이지. 명확히 알 수 있다네."

"어떻게요?"

그는 빙긋 웃었다.

"여러 가지 징표가 있어. 음식이 더 맛있게 느껴지기도 하고, 깊은 잠을 푹 자기도 해. 나도 모르게 콧노래를 흥얼거리기도 하고, 어떤 상징적인 물건을 손에 넣거나 설명할 수 없는 신비한 일이 일어나는 경우도 있지. 하지만 다른 어떤 것보다도 확실한 표지는 '마음의 평화'라네."

"마음의 평화."

빤냐가 중얼거렸다.

"마음이 한없이 편안해질 거야. 아무 조건 없이 말이지. 오랫동안 가슴을 짓누르던 돌을 완전히 내려놓은 것처럼 마음이 가볍다네. 그런 의미에서 마음을 가라앉히는 데 도움이 되는 주문을 한 가지 일러주지. 마르가를 찾기로 결심한 이에게 주는 선물이야."

"무슨 주문이요?"

"따라 해보게. 사-띠."

"사-띠."

"정말로 두려울 때는 그것이 마르가의 신호인 줄도 모를거야. 두려움에 압도되면 도망치고 싶은 생각뿐이거든. 그러니 두려움이 느껴지면 곧장 이 주문을 외우게. 기억해야 한다는 사실을 기억나게 할 거야. 사-띠."

"사-띠. 사-띠."

빤냐는 그를 따라 낮은 목소리로 주문을 되뇌었다.

"이쯤에서 헤어지기로 하세."

어둠의 숲의 경계에 다다르자 그가 걸음을 멈추며 말했다. 빤냐가 그의 얼굴을 바라보았다.

"정말 많은 것을 가르쳐주셨어요. 이런 걸 알게 되리라고는 상상도 못 했어요. 어떻게 감사를 해야 할지 모르겠네요."

"나에게 고마워할 필요 없네. 마르가를 찾는 길에 먼저 들어선 이는, 뒤따르는 이를 이끌어주는 게 의무니까. 자네가 소리를 듣는 원숭이라고 했을 때, 나는 자네가 마르가를 찾아 나설 거라는 걸 알았어. 소리 역시 두려워 말게. 그저 마르가가 보내는 신호임을 잊지 말기를."

빤냐는 걸음을 떼지 못하고 머뭇거렸다. 다시는 그를

만나기 힘들 것 같은 예감이 들었다.

"혹시 하나만 더 질문해도 될까요?"

"물어보게."

그가 웃으며 말했다.

"이름이… 그러니까 뭐라고 불러야 할까요?"

잠시 침묵하던 그는 어느 때보다 편안한 목소리로 입을 열었다.

"이름은 버린 지 오래네. 자네가 살던 곳에서는 나 같은 원숭이를 일러 이를 잡지 않는 원숭이라고 부르지."

빤냐는 머리를 한 대 맞은 듯한 아찔함을 느꼈다.

'이를 잡지 않는 원숭이라고? 내가 그렇게 무서워하던?'

눈이 휘둥그레진 채로 돌처럼 굳어버리자 그가 말을 이었다.

"놀랐는가. 회색 숲에서 우리를 좋지 않게 말한다는 사실은 알고 있네. 하지만 잘 보게. 보통의 원숭이와 다르지 않아."

그제야 빤냐는 그의 제멋대로 뻗쳐 있는 헝클어진 털이 새삼스레 눈에 들어왔다.

"삶과 죽음을 탐구하는 원숭이들은 무리를 짓지 않고 혼자 산다네. 그러니 이를 서로 잡아줄 일이 있겠나. 이를 잡지 않는 원숭이라고 불리는 건 단지 그 때문이지."

빤냐는 마음속에서 단단히 얽혀 있던 매듭 하나가 탁 풀리는 느낌을 받았다. 슬며시 웃음이 새어 나오더니 이윽고 소리 내어 웃기 시작했다. 이상하게도 자꾸만 웃음이 터져 나왔는데, 웃으면 웃을수록 마음이 가벼워졌다. 한참을 웃으며 빤냐는 생각했다. 두려움은 두려운 것과 진짜로 마주할 때에는 오히려 아무것도 아닐 수 있다는 사실을.

웃는 모습을 지긋이 바라보던 그가 물었다.

"나도 물어보지. 자네 이름은 뭔가?"

"빤냐예요."

"빤냐라. 참 좋은 이름이군. 무슨 뜻인지 아나?"

빤냐는 고개를 가로저었다. 이름에 담긴 의미는 들은 적이 없었다. 그저 그렇게 불려왔을 뿐이었다.

"아주 멀리 떨어진 어떤 곳에서 빤냐는 '완전한 지혜'라는 뜻으로 쓰인다네. 어떤 이유로 그런 이름을 갖게 되었건, 자네는 이미 완전한 지혜를 가지고 있다는 사실을 기억하게나."

빤냐는 고개를 끄덕이며 그의 눈을 오래도록 바라보았다.

내 힘이 통한다

아버지는 말을 잇지 못했다. 놀라움과 기쁨, 안도, 그리고 약간의 노여움도 뒤섞인 표정이었다. 빤냐가 이렇게 여러 날 사라졌다가 돌아온 것은 처음이었다. 심지어 말도 없이. 그간의 걱정이 아버지의 얼굴에 고스란히 묻어났다.

빤냐는 먼저 걱정을 끼쳐드려 죄송하다고 말했다. 일부러 그런 게 아니라면서. 그리고 자신이 겪은 일을 이야기했다. 어둠의 숲에 가기로 결심한 이유, 늙고 병들고 죽은 원숭이, 마르가와 두려움, 그리고 이를 잡지 않는 원숭이와의 만남. 놀란 아버지는 중간중간 자꾸 확인하며 물었다.

"정말 어둠에 숲에 갔었니?"

"죽은 원숭이를 가까이서 보았어?"

"이를 잡지 않는 원숭이와 함께 있었다고?"

아버지는 이제 더 이상 자신이 알던 어린 빤냐가 아니라는 것을 실감했다. 놀라면서도 대견해하는 기색을 감추지 못했다. 빤냐가 마지막으로 자신의 결심을 말하기 전까지는.

"회색 숲을 떠나 멀리 가보려고 해요."

아버지의 얼굴이 단번에 굳어졌다. 도저히 납득할 수 없다는 표정이었다.

"어디를 가겠다는 말이냐. 무얼 하려고?"

"세상 끝까지 갈 생각이에요. 무엇을 할지는 가보면 알게 될 거고요."

"그게 지금 말이 되는 소리야? 세상의 끝? 거기가 어딘지나 아니?"

"일단 가봐야 무얼 해야 하는지 알 수 있다니까요."

언성이 조금씩 높아졌다. 떠나고 싶다, 말도 안 된다. 지금까지와는 다르게 빤냐는 아버지의 말에 물러서지 않았다. 아버지는 당황스러우면서도 그런 모습에 더 화가 났다. 대화는 계속 같은 자리를 맴돌았다. 빤냐는 아버지에게 마르가를 찾으러 간다는 말을 끝내 납득시키지 못했다.

"마르가라는 게 도대체 뭐냐?"

사실 빤냐도 정확히 답하기 어려웠다. 어떤 장소일지, 물건일지, 역할일지…. 어렴풋이 알고는 있는데, 찾으면 바로 알 것 같은데, 가서 보기 전에는 마르가가 무엇인지 속 시원히 설명할 수 없었다. 아버지는 어이없는 표정으로 반문했다.

"그러니까 네 말은, 어딘가에 있는 무언가를 찾아 떠나겠다는 거지? 잘 알지도 못하는 것을?"

잠시 정적이 흘렀다. 빤냐가 입을 열었다.

"아버지, 망고를 본 적 있으세요?"

회색 숲을 떠나본 적 없는 아버지는 아무 대꾸를 할 수가 없었다.

"망고라는 과일이 있대요. 제가 그 맛을 설명하면 아버지가 망고 맛을 알 수 있을까요? 같은 거예요. 저도 가보지 않고는 알 수 없어요. 직접 경험해보고 싶다고요."

달이 유난히 밝은 밤이었다.

오랜만에 굴로 돌아온 빤냐는 잠을 이루지 못했다. 아버지와의 대화는 매끄럽게 끝나지 않았다. 결국 허락하지 않아도 무조건 떠나겠다는 말까지 하고 나서야 이야기가 멈췄다. 내친김에 소리치기는 했지만, 절반쯤은 진심이었다.

아버지가 틀린 이야기를 한 건 아니잖아.

그림자 목소리였다. 며칠 만에 다시 돌아와 말을 걸고 있었다.

이 숲을 떠나면 먹을거리는 어떻게 하려고? 찾는다고 확신할 수 있어?

하루 종일 들었던 잔소리와 똑같았다. 아버지의 걱정과 화를 고스란히 둘러쓴 듯했다.

여기 있으면 우두머리가 될 수 있어. 그러면 앞으로 큰 걱정 없이 살 수 있고. 적어도 이 숲은 너가 잘 알잖아. 위험하지는 않다고.

그림자 목소리는 달래듯 말하기도 했다. 빤냐는 반박하지 않은 채 잠잠히 들었다. 틀린 말은 아니었다.

뱀을 만나면 어떻게 할 거야? 누가 공격해오면? 아버지 없이 버틸 수 있어? 제대로 싸워본 적도 없잖아.

마르가? 신호? 멋진 이야기지. 그런데 애초에 그 원숭이를 믿을 수 있는 거야? 알고 지낸 지 얼마나 되었다고!

빤냐가 설득당하는 듯 보이자 그림자 목소리의 기세가 점점 더 올랐다. 어둠의 숲에서 머무는 동안 깨끗이 자취를 감추었던 그것은 언제 그랬냐는 듯 쉴 새 없이 지껄였다. 빤냐는 조금씩 흔들렸다.

'내가 아버지에게 너무 심하게 대들었나.'

마음이 약해졌다. 억지로 더 심하게 반항했다는 생각도 들었다. 복잡한 머릿속에서 그림자 목소리가 또 이겨가고 있었다.

도저히 잠이 오지 않았다. 자리에 누워 뒤척이다가 문득 굴의 천장을 올려다보았다. 어린 시절, 잠들려고 할 때마다 이 천장이 무너지지 않을까 겁내던 기억이 났다. 고개를 들어 굴 입구 쪽도 바라보았다. 저 바깥에 커다란 뱀이 자신을 기다리고 있으리라는 상상도 자주 했었다. 그 탓에 밖으로 나가지 못하고 꼼짝달싹 못했던 아침도 참 많았다. 빤냐는 피식 웃었다.

'저 밖에서 꼭 무슨 소리가 들리는 것 같았지.'

그때였다.

굴 밖에서 정말로 무슨 소리가 들렸다. 잘못 들었나 싶어서 빤냐는 굴 입구를 계속 응시했다. 바스락거리는 소리, 나뭇가지를 천천히 밟는 소리. 느리지만 분명했다. 착각이 아니었다.

'뭐지?'

빤냐는 조용히 일어나 옆에 누워 있던 아버지를 흔들어 깨웠다. 아버지가 눈을 뜨자, 빤냐는 "쉿" 하고 소리를 내지 말라는 몸짓을 하고는 굴 입구 쪽을 가리켰다. 몸을 일으킨 아버지는 긴장한 자세로 밖을 주시했다. 조금씩 가까워지던 소리는 굴 앞에서 멈췄다. 달빛을 등지고 생긴 그림자가 잠깐 어른거렸다. 무언가가, 아니 누군가가 있었다. 하나가 아니었다.

"그놈들이다."

아버지가 낮은 목소리로 말했다. 우두머리 자리를 노리고 이따금 아버지를 공격하는 젊은 원숭이들이 몇몇 있었다. 그런데 잠들었어야 할 이런 밤에 다가온 것은 처음이었다. 잠시 머뭇거리던 그림자가 굴 입구에 모습을 드러냈다. 그림자 둘. 아버지의 말대로 그들이었다. 잠들어 있는 틈을 타서 습격하려던 속셈 같았다.

빤냐는 꿀꺽 침을 삼켰다. 싸움은 처음이었다. 굴안에는 피할 곳도 없었다. 무엇보다 아버지가 저 둘을 모두 이기기란 쉽지 않았다. 상상 속의 두려움이 아닌, 진짜 두려움이 살갗 위로 퍼져 나가는 것이 느껴졌다. 그 순간 어둠의 숲에서 배운 주문이 떠올랐다.

'두려움이 느껴지면 곧장 이 주문을 외우게. 기억해야 한다는 사실을 기억나게 할 거야.'

빤냐는 그들에게서 눈을 떼지 않은 채로 나지막이 읊조리기 시작했다.

"사-띠. 사-띠."

두려움을 직면하겠다고 결심했을 때 받았던 가르침이 기억났다.

'두려움과 맞닥뜨려야 할 일이 끊임없이 찾아올 거야. 피해서는 안 되네. 그것이 마르가가 인도하는 방식이라는 사실을 잊지 말기를.'

마르가가 인도하는 방식. 문득 용기가 솟았다. 아버지가 빤냐에게 가만히 있으라는 손짓을 하려는 순간, 빤냐가 먼저 벼락같은 소리를 내질렀다.

"거기, 누구냐!"

순간 두 그림자가 움찔했다. 놀란 것 같았다.

"누구냐니까!"

당황한 그들이 머뭇거리는 찰나, 빤냐를 밀치고 아버지가 나섰다.

"감히 여기가 어디라고!"

이내 두 원숭이도 어쩔 수 없다는 듯 아버지에게 달려들었다. 빤냐는 화가 났다. 한밤중에, 두 원숭이가 함께 몰래 습격하다니. 머리끝까지 화가 치밀자 몸이 폭발하듯 반응했다.

"이놈들이!"

빤냐도 그들을 향해 폭풍처럼 달려들었다.

굴 안에서 싸움이 벌어졌다. 사정을 봐주지 않는 싸움이었다. 도망칠 곳이 없어 넷은 한군데 뒤엉켰다. 조르고, 때리고, 차고, 던지고. 요란한 괴성과 그림자가 굴을 가득 채웠다. 손과 발에 얻어맞고, 단단한 바위벽에 몸을 찧는 사이 여기저기서 피가 터졌다. 빤냐는 싸움이 처음이었다. 그런데 막상 싸워보니 생각보다 나쁘지 않았다. 아프지도 두렵지도 않았다. 아니, 아프고 두려울 새가 없었다. 무엇보다 아버지와 훈련할 때 배운 것들이 고스란히 몸에 배어 있었다. 왠지 빤냐는 싸울수록 힘이 솟아나는 느낌이 들었다.

'내 힘이 통한다. 이길 수 있어!'

애초에 두 원숭이의 계획대로 되지 않아서였을까. 공격은 매섭지 않았고, 싸움은 오래 걸리지 않았다. 흠씬 두들겨 맞던 한 녀석이 먼저 등을 보이자 다른 원숭이도 기세가 확 꺾여버렸다. 싸울 의지를 잃고는 어떻게든 몸을 빼내려 발버둥을 쳤다. 하지만 화가 잔뜩 난 빤냐는 쉽게 길을 터주지 않았다. 다시는 이런 짓을 할 엄두를 못 내도록 단단히 혼을 내고 싶었다. 남은 녀석을 거의 정신을 잃을 정도로 두들겨 놓은 다음에야 겨우 도망치도록 놓아주었다.

"아버지 괜찮으세요?"

"괜찮다. 너는 괜찮니?"

빤냐는 몸 여기저기를 살펴보았다. 피가 흐르고 욱신거리기는 했지만 견딜 만했다. 씨익 웃음이 나왔다. 해방감과 성취감이 느껴졌다. 그 모습을 보고 아버지도 고개를 끄덕였다.

"네가 있어서 다행이었다. 그놈들, 당분간은 올 생각을 못 할 거야."

안도감이 들자 긴장이 풀리고 다리에 힘이 빠지기 시작했다. 빤냐는 털썩 주저앉았다. 심장이 계속 쿵쾅거렸다. 팔다리의 팽팽한 근육이 아직 뜨거웠다. 오늘 밤 빤냐는 잠이 오지 않을 것 같았다.

그리고 조금 전까지 빤냐를 괴롭히던 그림자 목소리가 온데간데없이 사라졌음을 알았다.

바나나가 아니라 망고를 맛보는 삶

아침 새소리에 빤냐는 번쩍 눈을 떴다. 온몸이 욱신거렸다. 하지만 정신은 그 어느 때보다도 맑고 또렷했다.

"끄응." 신음과 함께 몸을 일으켜 팔다리를 이리저리 움직여보았다. 아버지는 먼저 일어나 있었다.

몸이 괜찮으면 씻으러 가자는 아버지의 말을 따라, 빤냐는 강으로 갔다. 흐르는 물에 몸을 던졌다. 이루 말할 수 없이 시원했다. 빤냐는 머리끝까지 물속에 담그고 그 시원함을 만끽했다. 간밤에 있었던 일이 마치 꿈처럼 느껴졌다. 피로 얼룩진 털을 깨끗이 씻고 나니 다시 태어난 듯 상쾌했다.

"이제 뭘 좀 먹자꾸나."

강물에서 나온 아버지도 기운이 넘치는 듯 보였다. 앞장선 아버지의 걸음이 싸움을 한 다음 날이라고는 믿어지지 않게 가벼웠다.

바나나 나무들이 금세 모습을 드러냈다. 먼저 와 있던 작은 원숭이 몇 마리가 아버지를 보고는 자리를 피했다. 빤냐는 잘 익은 커다란 바나나를 따서 한입 가득 베어 물었다. 흰 과육이 부드럽고 달콤했다. 회색 숲의 모든 바나나를 먹어치울 수도 있을 것처럼 식욕이 돌았다.

어느 정도 배가 불렀을 때 아버지가 입을 열었다.

"회색 숲의 바나나는 참 맛있지. 특히 지금처럼 잘 익을 즈음에는. 아버지는 평생 이 바나나만 먹어왔단다. 불만은 없었어. 잘 익은 바나나만 있으면 내겐 충분했거든."

빤냐는 아버지가 무슨 이야기를 하려는지 궁금했다. 불필요한 이야기는 웬만해서 하지 않는 그였다.

"네가 회색 숲을 떠나 먼 곳을 경험해보고 싶다고 했을 때, 적잖이 당황했다. 알다시피 네가 이 숲의 우두머리가 되기를 원했거든. 이 숲에는 바나나 나무가 있고, 우두머리가 되면 그 바나나를 굶지 않고 먹을 수 있으니까. 그래서 어릴 적부터 훈련도 많이 시켜온 거야. 만약 네가 이 숲을 떠나면 우두머리 자리는 언젠가 다른 원숭이가 차지하게 될 거고, 너는 다른 어디선가 먹을거리를 걱정하며 살 수도 있겠지.

그런데 문득 이런 생각이 들었단다. 나는 왜 네가 우두머리가 되기를 바랐을까. 먹고살 수 있게 해주려고? 다른 원숭이들 앞에서 우쭐대게 하려고? 그럴 수도 있지. 하지만 더 중요한 이유가 있었어. 너는 어릴 적부터 무서워하는 것이 유독 많았지. 나는 그게 늘 걱정이었고. 그래서 언젠가 결심했단다. 두려움이 너무 많아서 걱정이라면, 두려워할 필요가 없도록 키워보자. 나보다 더 강한 원숭이가 되면 별문제 없이 살아가겠지. 너를 훈련시킨 건 '두려워할 필요가 없는 원숭이'가 되기를 바랐기 때문이야.

회색 숲을 떠나려는 이유가 마르가를 찾고 싶어서라고 했지? 아버지는 그게 뭔지 잘 모르겠다. 하지만 두려움을 넘어서고 싶다고 했을 때 그게 네 방식으로 문제를 해결하려는 시도임을 깨달았단다. 비록 내가 예상한 방식은 아니지만 말이야. 네 말대로 모든 원숭이가 각자 자기만의 마르가를 가지고 있다면, 해결책을 찾아가는 자기만의 방식도 있는 거겠지.

여기까지 생각이 이르니 오히려 마음이 가벼워지더구나. 내가 짊어지고 있던 문제를 이제 네가 직접 지겠다고 하는데, 응원하고 대견해하는 게 맞지 않겠니. 내가 미안했다. 짧은 생각으로 화를 냈구나."

빤냐의 눈에 눈물이 그렁그렁 맺히기 시작했다. 목이 메어 올랐다. 인정을 받았다는 뿌듯함, 허락을 얻었다는 홀가분함, 그리고 무엇보다 이제 아버지를 떠날 때가 되었다는 깨달음이 뒤엉켜 복잡한 감정이 되었다. 아버지 곁을 떠난다는 것은 지금까지 평생을 지켜준 보호막을 벗어버린다는 의미였다. 그리고 언제 다시 아버지를 볼 수 있을지, 지금으로서는 아무것도 기약할 수 없었다.

"아직 부족한 것이 많아요, 저는."

아버지가 빤냐의 머리를 쓰다듬었다.

"그렇지 않아. 내가 알고 있는 건 전부 가르쳐주었단다. 어젯밤에도 보지 않았니. 너는 이미 나만큼 강해졌어. 이 작은 숲의 우두머리로 사는 건 이 아버지의 방식이었다. 이제 아버지의 방식이 아니라 너의 방식을 찾거라."

아버지는 빤냐의 단단한 두 팔을 어루만졌다.

"가거라. 바나나가 아니라 다른 것을 맛보는 삶도 나쁘지 않을 것 같구나. 네가 말한 망고라든가."

是諸法空相
不生不滅
不垢不淨
不增不減

모든 현상은 비어 있음의 표식이므로
태어나지도 죽지도 않고
더럽지도 깨끗하지도 않으며
늘어나지도 줄어들지도 않는다

2부

붉은 숲의 원숭이들

동쪽을 향해 걷고 또 걸을 뿐

초원이 끝없이 이어지고 있었다. 너른 들판 위로 본 적 없는 나무와 덩굴들, 그리고 바위가 드문드문 있을 뿐이었다. 빤냐는 사방을 둘러보았다. 지금껏 지나온 길에도, 앞으로 나아갈 방향에도, 좌우 어디에도 울창한 숲은 그림자조차 보이지 않았다. 태양은 아직 머리 위에서 뜨겁게 내리쬐었다. 빤냐는 바위가 만든 조각만 한 그늘에 등을 기대고 털썩 주저앉았다. 목이 마르고 배도 고팠다. 회색 숲을 떠나온 지 벌써 며칠째. 빤냐는 동쪽을 향해 하염없이 걷고 있었다.

아버지는 숲을 벗어나 동쪽으로 가면 넓은 초원이 나올

거라고 했다. 그리고 그 초원 너머에 '붉은 숲'이 있다고, 회색 숲과는 비교가 안 될 만큼 큰 숲이라고 했다.

"너의 방식을 찾아보기에 나쁘지 않을 게다."

초원을 건너가는 데 얼마나 걸리느냐고 물었지만 아버지는 딱 부러진 대답을 하지 못했다. 정말 넓은 초원이라 직접 가본 적도, 건너온 원숭이를 본 적도 없다면서. 하지만 빤냐는 어둠의 숲에서 만난 그가 했던 말을 기억했다.

'더 넓은 세상을 보고 싶어 여행을 했지. 그저 세상의 끝까지 가보고 싶었어. 초원을 지나 큰 숲, 그 너머 바다까지.'

그가 초원을 건넜다면 분명 길이 있을 터였다. 빤냐도 그를 따라 세상의 끝을 향해 가볼 작정이었다. 그 길 어딘가에서 마르가를 찾을 수 있으리라. 그래서 우선 붉은 숲으로 목적지를 정했다. 큰 걱정은 없었다. 결심하고 기억한다면 길은 어떻게든 생길 거라 믿어서였다.

싱싱하고 향기로운 바나나로 잔뜩 배를 채운 뒤 아버지와 작별 인사를 나누었을 때만 해도 발걸음에 힘이 넘쳤다. 이제 시작이구나. 콧노래도 나왔다.

'이런 즐거움도 마르가의 선물이려나.'

마르가의 인도가 얼른 눈앞에 펼쳐지기를 바라는 마음

이 가득했다. 심지어 그것이 두려움과 맞닥뜨려야 할 순간일지라도 말이다. 초원의 모든 것이 낯설었지만, 낯섦 그 자체가 첫걸음을 내디딘 빤냐에게는 설렘이었다.

"사-띠. 사-띠."

그 설렘을 담아 나지막이 주문을 읊조리며 동쪽으로, 동쪽으로 나아갔다.

하지만 거기까지였다.

걸어도 걸어도 똑같은 주변 풍경에 설렘은 점차 시들었다. 아무것도 먹지 못한 채 며칠을 꼬박 걷자 넘쳤던 기세는 새벽이슬처럼 흔적도 없이 사라졌다. 이제는 그저 터벅터벅, 동쪽을 향해 걷고 또 걸을 뿐이었다.

아직 포기하고 싶은 마음이 드는 것은 아니었다. 다만 한 가지. 초원이 언제 끝날지, 그게 두려웠다. 내일 해가 뜨면 붉은 숲이 보일지, 지금까지 온 만큼 더 가야 보일지, 아니면 걸어온 거리보다 남은 거리가 훨씬 많을지 전혀 가늠할 수가 없었다. 회색 숲의 달콤한 바나나가 눈앞에 어른거렸다.

'이러다 아무도 없는 여기서 쓰러지는 건 아닐까.'

두려움이 아지랑이처럼 피어오르자, 마르가를 찾아 나

선 뒤 자취를 감추었던 그림자 목소리가 다시 찾아왔다.

지금이라도 돌아가. 아직 늦지 않았어.

늘 그래왔듯 밤이 되자 더 시끄러워졌다. 이 초원에서 며칠이나 더 버틸 수 있겠느냐고 겁을 줬다.

벌써 해가 몇 번이나 떴지? 다섯 번? 여섯 번? 그동안 아무것도 먹지 못했어. 초원이 얼마나 넓은지 전혀 모르잖아. 이제 겨우 초입에 들어선 거라면 어쩔 거야.

돌아갈 기회도 지금뿐이야. 여기서 더 가면 돌아가려 해도 버티지 못할 거야.

밤이 점점 괴로워졌다. 편히 쉬기는커녕 그림자 목소리에 시달리느라 더 피곤했다. 이따금씩 그림자 목소리가 맞을지도 모른다는 생각이 들었다. 해가 뜨면 오던 길을 되돌아가야겠다는 충동이 불쑥불쑥 올라올 때도 있었다. 그럴 때는 어둠의 숲에서 배운 가르침을 떠올리며 의지를 다졌다.

'돌아간다고 달라지는 것은 없어. 늙고 병들고 죽을 뿐이야. 어차피 죽게 될 삶인데, 마르가를 찾아야 해.'

절망적인 상상이 스멀스멀 피어날 때마다 빤냐는 주문을 붙들었다.

"사-띠. 사-띠."

해가 등 뒤로 비스듬히 기울고 있었다. 오늘은 더 갈 수 있는 시간이 많지 않았다. 밤을 보낼 곳을 찾아야 했다. 그때 저만치 앞에 무언가 줄을 지어 있는 것이 어렴풋이 보였다. 빤냐는 걸음을 재촉했다.

가까이 다가가니 나무들이 언덕에 줄줄이 서 있었다. 언덕 아래쪽으로 조금 떨어진 곳에는 작은 냇물도 흘렀다. 빤냐는 기뻤다. 물을 보니 힘이 나는 것 같았다. 한달음에 달려가 물을 들이켰다. 시원했다. 그러고는 다시 둔치 아래로 돌아와 여기저기를 살폈다.

'이쯤이 좋겠군.'

빤냐는 몸을 뉠 만한 적당한 곳을 찾았다. 알맞은 시간에 쉴 곳이 나타나 다행이라는 생각이 들었다.

우르르릉.

멀리 떨어진 하늘에서 천둥소리가 나지막이 울렸다. 빤냐는 누우려다 말고 소리가 들린 하늘을 올려다보았다. 검고 두껍게 쌓인 구름. 탁 트인 초원이라 그런지 멀리 떨어진 하늘까지 훤히 시야에 들어왔다.

'비가 조금 오더라도 괜찮겠지.'

다행히 둔치 아래 움푹 팬 곳에 자리 잡은 덕에 비가 와도 그럭저럭 가릴 수는 있을 것 같았다. 빤냐는 최대한 몸을 웅크리고 누웠다. 극심한 피로 덕분인지 아늑함이 느껴졌다.

이윽고 해가 졌다. 빗방울이 띄엄띄엄 떨어지기 시작했다. 그림자 목소리가 또 무슨 이야기를 지껄이기 시작했지만, 너무 피곤해서 들어줄 힘도 없었다. 톡톡 빗소리를 들으며 빤냐는 졸도하듯 깊은 잠 속으로 빠져들었다.

두렵기 때문에 하는 거야

쏴아아.

눈을 떴을 때 거센 비가 퍼붓고 있었다. 사방이 칠흑처럼 어두운 데다 폭우 소리가 하도 시끄러워서 빤냐는 정신이 멍했다. 아직 잠이 덜 깬 그는 축축해진 발치를 손으로 더듬거렸다. 그때였다.

번쩍! 우르릉 쾅!

번개가 작열했다. 일순간 온 세상이 드러났다. 빤냐는 소스라칠 뻔했다. 코앞까지 들이닥친 흙탕물이 거센 물살이 되어 굉음을 내지르며 휘몰아치고 있었다. 말 그대로 휩쓸려 내려가기 직전이었다.

"아악!"

저도 모르게 비명이 터져 나왔다. 멀리 떨어져 있던 작은 냇물이 쏟아지는 폭우에 순식간에 불어난 것이었다. 빤냐는 둔치 위로 올라가려 했다. 하지만 비에 젖어 진흙이 된 언덕은 너무 미끄러웠고, 손을 짚을 때마다 흙더미가 무너져 내렸다. 기어오르다 미끄러지고, 또 기어오르다 미끄러지고. 경사가 급해 도저히 올라갈 수가 없었다. 발 아래 물살은 점점 시끄러워졌다. 아무것도 보이지 않았다. 빤냐는 공포에 휩싸였다.

번쩍. 우르릉 쾅!

다시금 번개가 작열했다. 번갯불 덕에 조금 떨어진 곳에 드러난 나무뿌리를 볼 수 있었다. 빤냐는 그쪽을 향해 필사적으로 기어갔다. 미끄러져서 물살에 휩쓸리면 그야말로 끝장이었다. 허우적대던 손에 무언가 잡혔다. 뿌리였다. 빤냐는 온 힘을 다해 그것을 움켜잡고 매달렸다. 젖은 뿌리 역시 몹시 미끄러웠지만 무너지는 흙더미에 비할 바가 아니었다. 빤냐는 뿌리를 부둥켜안고 거친 숨을 몰아쉬었다.

번쩍. 우르릉 쾅!

번개가 다시 내리쳤을 때 빤냐의 눈에 무언가가 들어왔

다. 조금만 움직이면 닿을 거리에서 미친 듯이 꿈틀거리는, 사력을 다해 흙더미를 기어오르려는 굵은 몸뚱이. 뱀이었다. 빤냐는 온몸이 굳어버렸다. 진흙이 뒤덮여 엉망이 되어버린 털조차 바늘처럼 곤두서는 듯했다. 평생 가장 무서워한 뱀, 그것도 빤냐의 팔뚝만큼 굵은 뱀이 바로 옆에 있었다.

퍼붓는 비, 거센 물살, 무너지는 흙더미, 미끄러운 뿌리. 도망치기는커녕 버티기도 벅찬데 뱀이라니. 빤냐는 손가락 하나 까딱할 수가 없었다. 나무뿌리에 매달려 와들와들 떨었다. 이제 죽는구나 싶었다.

그거 봐! 돌아가자고 했잖아! 이제 정말 죽을 거야. 끝났다고!

그림자 목소리도 깨어났다. 실성한 듯 마구 떠들어대기 시작했다. 겁에 질린 빤냐는 반박할 여유조차 없었다.

얼마나 버텼을까.

간간이 번갯불이 번쩍일 때마다 빤냐는 뱀이 있는 곳을 바라보았다. 뱀은 계속 같은 자리에서 꿈틀거리고 있었다. 죽을힘을 다해 올라가려고 하지만 팔다리가 없는 뱀은 이렇게 가파른 진흙 비탈에서 무력했다. 조금만 미끄러져도 흙탕물에 휩쓸릴 터였다.

번쩍. 우르릉 쾅!

다시 번개가 쳤을 때, 둘의 눈이 마주쳤다. 뱀은 그제야 옆에 있는 원숭이를 본 모양이었다. 빤냐는 다시금 털이 곤두섰다. 하지만 그것도 잠시, 빤냐는 뱀이 자신을 어찌할 여력이 없다는 걸 깨달았다. 뱀은 무너지는 진흙 위에서 겨우 꿈틀거리고 있었고, 그마저 움직임이 조금씩 둔해지고 있었다. 힘이 빠져가는 뱀. 뿌리에 매달린 빤냐를 보는 눈에서 부러움마저 읽혔다.

빤냐는 문득 측은함을 느꼈다. 동시에 뱀에 대해서 이런 감정을 품는 자신이 몹시도 낯설었다. 뱀은 늘 무섭고, 끔찍하고, 도망쳐야 할 대상이었으니까. 그랬던 뱀이, 심지어 빤냐쯤은 상대도 안 되는 커다란 뱀이 죽지 않기 위해 겨우 버둥거리고 있었다. 빤냐와 똑같이.

힘이 빠져나갈수록 뱀이 온몸으로 뿜어대는 죽음에 대한 두려움은 점점 더 짙어졌다. 그 기운이 빤냐의 살갗에 고스란히 전해질 정도였다. 빤냐는 태어나서 처음으로 뱀이 자신과 다를 바 없이 연약한 존재라는 생각이 들었다. 겁에 질려 덜덜 떠는.

비는 쉽사리 그치지 않았다. 번쩍이는 번개와 칠흑 같은 어둠이 번갈아 세상을 뒤덮었다. 폭우는 여전히 거셌고, 그들을 집어삼키려는 흙탕물은 계속 날름거렸다. 하지만 상황이 더 나빠지는 것 같지는 않았다. 나무뿌리를 붙잡고 버틴 채 시간이 흐르자, 빤냐를 집어삼켰던 두려움도 조금 가라앉았다. 그림자 목소리 역시 아까보다는 조용해졌다.

빤냐는 번갯불이 번쩍일 때마다 뱀이 여전히 버티고 있는지 확인했다. 극한 상황이라는 동질감 때문일까. 번개가 뜸해 어둠이 길어지면, 혹시 그 사이에 물속에 빠진 것은 아닌지 걱정이 됐다. 뱀을 살리고 싶다는 생각이 문득 들기도 했다.

'도와줄까?'

그럴 때마다 그림자 목소리가 바로 소리를 질렀다.

미쳤어. 뱀이잖아!

두 가지 내면의 소리가 오락가락했다. 사실 도와주고 싶다는 생각이 든 것만으로도 놀라운 일이었다. 뱀에 대한 깊은 두려움은 늘 빤냐를 얼어붙게 했기 때문이다. 심지어 빤냐는 뱀을 만져본 적도 없었다. 뱀은 원숭이의 오래된 천적이었고, 아버지는 뱀을 보면 크건 작건 무조건 피하라고 가르쳤다.

하지만 이렇게 버둥거리는 모습을 보니 빤냐는 뱀이 자신과 똑같은 처지라는 생각이 들었다. 그래서일까. 뱀이 죽지 않고 살아나기를 바라는 마음이 점점 강해졌다.

이윽고 불빛이 또다시 번쩍였을 때, 빤냐는 뱀의 움직임이 눈에 띄게 느려진 것을 알아챘다. 힘이 확연히 떨어져 보였다. 뱀의 시간이 얼마 남지 않았다.

'왜 돕지 못하는 거지?'

빤냐는 스스로에게 물었다.

뱀이니깐 그렇지!

그림자 목소리가 따지듯 답했다.

그랬다. 분명했다. 뱀이니까. 무서우니까.

그때 한 가지 생각이 빤냐의 머릿속을 강타했다.

'두려움을 이기고 싶다며!'

그랬다. 익숙한 숲을 떠나 여행길에 오른 것도, 지금 죽을 고비에 처한 것도 스스로 자초한 일이 아니었던가. 마르가를 찾겠노라고, 마르가가 보내는 신호를 따르겠노라고 여기에 온 것 아닌가. 그래서 두려워할 일이 일어나기를 내심 바라지 않았던가.

'두려움과 맞닥뜨려야 할 일이 끊임없이 찾아올 거야.

피해서는 안 되네.'

어둠의 숲에서 만난 그의 목소리가 떠올랐다. 빤냐는 두려움을 이기기 위해 읊조리기 시작했다.

"사-띠. 사-띠."

주문을 외우자 정신이 또렷해졌다. 두려움의 구름이 점차 걷혀가는 게 느껴졌다. 그때였다. 그림자 목소리에서 한 걸음쯤 떨어졌다고 해야 할까. 문득 그림자 목소리에 휘둘리지 않고 자유롭게 움직일 수 있는 마음의 공간이 생긴 것 같았다.

바로 그 순간, 내면 깊은 곳으로부터 어떤 목소리가 들려왔다. 거대한 종처럼 울리는 음성이었다.

피하지 마라.

명령하는 듯한 목소리를 듣자 알 수 없는 힘이 솟았다. 빤냐는 결심했다. 저 뱀을 살리겠다고.

'두렵지 않아서가 아니야. 두렵기 때문에 하는 거야.'

그림자 목소리가 또 무슨 말인가를 덧붙이려는 찰나, 빤냐가 먼저 단호한 어조로 내뱉었다.

"그만. 아무 말도 하지 마."

번개가 번쩍일 때마다 빤냐는 뱀이 있는 쪽으로 조금씩 움직이기 시작했다. 뿌리를 움켜쥐고 미끄러지지 않도록 조심하며 흙더미에 단단히 발을 디뎠다. 천천히 다가오는 빤냐를 뱀이 바라보았다. 이제 정말로 힘이 거의 다 빠져 버린 듯했다. 왼손으로 뿌리에 매달린 채 빤냐는 오른손을 내밀었다. 그 짧은 틈에 그림자 목소리가 외쳤다.

목을 잡아! 목을 잡으면 못 물 거야.

빤냐는 그 말대로 목덜미 쪽으로 손을 뻗었다. 이윽고 손바닥에 뱀의 단단하고 차가운 감촉이 느껴졌다. 목을 움켜쥔 빤냐는 있는 힘껏 뱀을 자신의 몸쪽으로 끌어당겼다. 예상은 했지만 뱀은 너무 무거웠다. 더구나 꿈틀거리는 통에 손아귀에 힘이 몇 배는 더 들었다. 한 손으로 뱀을 잡고, 다른 한 손으로 뿌리에 매달렸는데 이렇게 어정쩡한 자세로는 버티기 어려웠다. 얼마 못 가서 둘 다 떨어질 게 뻔했다. 순간 빤냐는 뱀이 물지 않을까 여전히 두려워하는 자신을 발견했다.

"사-띠. 사-띠."

두려움을 떨치기 위한 주문이 이어졌다.

내면 깊은 곳에서 종을 닮은 목소리가 또다시 명령했다.

피하지 마라.

더 이상 버틸 수가 없었다. 그림자 목소리는 여전히 뱀이 물면 어떻게 하느냐고 소란을 피우고 있었다. 될 대로 되라는 마음이 치밀었다. 빤냐는 그림자 목소리에게 버럭 고함을 질렀다.

"저리 꺼져!"

그러고는 뱀을 끌어올려 머리 가까이 가져왔다.

"내 목을 감아! 목을!"

뱀이 자신의 말을 이해할까? 알 수 없었다. 하지만 빤냐는 계속 소리쳤다. 몸뚱이로 자신을 감으라고, 목에 매달리라고. 자꾸 외치면서 빤냐는 뱀을 머리 위에 얹으려 애썼다.

알아들은 걸까, 아니면 그저 살고자 하는 본능일까. 뱀이 빤냐의 목에 매달리더니 몸통을 휘감기 시작했다. 차갑고 무거웠다. 뱀이 마구잡이로 조여 오는 느낌은 흉측함 그 자체였다.

그러나 이미 벌어진 일. 빤냐는 스스로를 내맡겼다. 물든지, 조이든지, 잡아먹든지. 모든 것은 뱀에게 달려 있었다. 차갑고 축축하고 몸서리치게 끔찍했지만, 최악의 가능성을 받아들이는 순간 웬일인지 빤냐는 커다란 해방감을 느꼈다.

자유로워진 두 손으로 빤냐는 있는 힘껏 나무뿌리를 움켜잡았다. 한결 나았다. 이제 뱀에게 휘감긴 채 나무뿌리에 매달린 빤냐가 할 수 있는 일은 버티는 것뿐이었다. 물이 더 불어나지 않기만을 바라면서. 비가 그치기를 바라면서. 그리고 어둠이 걷히기를 바라면서….

어느 순간 아무 생각이 들지 않았다. 그림자 목소리 역시 깨끗이 사라졌다.

뱀이 가르쳐준 먹을거리

끔찍했던 밤이 지나갔다. 사방이 어슴푸레 밝아오고 있었다. 빗줄기도 서서히 잦아들었다. 밤새 괴성을 내지르던 물살은 언제 그랬냐는 듯 묵묵히 흘러갔다. 빤냐는 고개를 돌려 동쪽을 흘낏 보았다. 저 멀리 지평선 너머에서는 해가 이미 떴는지, 구름 뒤편으로 붉은 기운이 완연했다. 아침 해의 온기 덕분에 구름이 조금씩 걷히고 있었다. 비로소 빤냐의 마음에 안도감이 퍼져나갔다.

사물을 분간할 수 있게 되자 빤냐는 뿌리를 잡고 위로 올라가기 시작했다. 밤새 사투를 벌여 진이 다 빠진 데다 여전히 뱀이 몸을 휘감고 있어서, 젖은 언덕이 깎아지른 절벽만큼 오르기 힘들었다. 온몸 구석구석 남은 힘을 마지막 한 조각까지 짜냈다.

"살았다."

마침내 둔치 위에 올라온 빤냐는 더 이상 손가락 하나도 까딱할 수 없었다. 그대로 뻗어버렸다. 뱀이 여전히 온몸을 휘감은 채였다. 빤냐는 정신을 잃고 기절했다.

얼마나 지났을까. 무언가가 몸 여기저기를 비벼대는 느낌이 들었다.

'여기가 어디지? 이건 뭐지?'

살며시 손을 대보았다. 차갑고 축축한 느낌. 꿈틀거리는 근육.

'뱀!'

살갗에 뱀의 몸뚱이가 느껴지자 빤냐는 순식간에 정신이 돌아왔다. 눈을 번쩍 떴다. 물에 휩쓸려 죽을 뻔한 밤. 빤냐가 살려낸 커다란 뱀. 그런데 비가 그치고 사방이 환해진 곳에서 그 뱀과 뒤엉켜 있자니 함께 사투를 벌인 기억은 온데간데없고 오로지 두려움만 솟구쳤다. 머릿속이 새하얘진 빤냐는 눈을 질끈 감았다.

'이제 잡아먹히는 건가.'

빤냐는 꼼짝할 수 없었다. 덜덜 떨며 중얼거렸다.

"사-띠. 사-띠."

하지만 생각과는 달리 아무 일도 일어나지 않았다. 뱀은 여전히 빤냐의 몸을 비비며 느리게 움직이고 있었다.

'어떻게 된 거지?'

빤냐는 다시 눈을 뜨고 몸을 조금 일으켰다. 움직임을 느꼈는지 뱀이 멈췄다. 그러더니 머리를 들어 빤냐의 눈을 빤히 쳐다보았다. 빤냐도 시선을 마주했다. 뱀과 눈을 마주치고 있으려니 현실이 아닌 것 같았다. 그러나 왠지 무섭지는 않았다. 적어도 잡아먹을 생각은 없어 보였다. 조금 긴장이 풀리자 뱀이 머리를 위아래로 몇 번 끄덕이더니 어디론가 가려고 했다. 이윽고 또다시 빤냐를 향해 머리를 끄덕였다.

"따라오라는 거야?"

빤냐는 몸을 털고 일어섰다. 그를 따라 걸음을 옮겼다. 그러자 뱀은 속도를 냈고 가끔씩 뒤를 돌아보았다. 잘 따라오는지 확인하는 듯했다.

뱀이 이끌어간 곳은 간밤의 비로 덩굴의 뿌리가 드러난 자리였다. 회색 숲에는 없지만 초원에 오고 나서 자주 보았던 덩굴이었다. 그는 뿌리 근처로 가서 머리를 끄덕이며 신호를 보냈다. 가까이 다가간 빤냐는 뿌리를 살펴보았다. 하얀 알처럼 생긴 것들이 다닥다닥 붙어 있었다.

"먹어도 되는 거니?"

뱀은 빤냐를 가만히 응시했다. 빤냐는 뿌리에서 하얀 것을 떼어내 흙을 털었다. 회색 숲에서 본 야생 감자와 비슷한 느낌이었다. 조심스럽게 한입 베어 물었다. 보기보다 딱딱하지는 않았다. 천천히 씹었다. 끈적이면서도 약간 달착지근한 맛이 났다. 나쁘지 않았다. 며칠을 굶주렸던 빤냐는 본격적으로 먹기 시작했다. 씹을수록 괜찮은 맛이었다. 빤냐가 허겁지겁 먹는 모습을 보더니 뱀이 머리를 끄덕였다. 이제 빤냐는 그의 의도를 명확히 이해했다.

"먹을 수 있는 거라고 알려주고 싶었구나."

간밤에 대한 보답이었을까. 빤냐는 그의 눈을 바라보았다. 손으로 하얀 것을 가리키며 말했다.

"고마워. 정말이야."

그러자 뱀은 고개를 돌려 덩굴 사이로 미끄러져 갔다. 빤냐는 뱀이 완전히 자취를 감출 때까지 바라보았다. 문득 어둠의 숲에서 만난 그의 가르침이 떠올랐다.

'마르가에 다가갈 때 뜻밖의 선물을 받는 경우가 종종

일어난다네.'

여러 날이 지났다.

빤냐는 동쪽을 향해 계속 초원을 걸었다. 발걸음에는 힘이 넘쳤다. 폭우가 여기저기 웅덩이와 냇물을 만들었고, 하얀 것이 달린 덩굴은 초원에 흔하디흔했다. 다시 배불리 먹고 마실 수 있게 되자 온몸에 기운이 샘솟았다. 그리고 무엇보다 뱀과의 만남이 가져다준 확신이 힘을 불어넣어 주고 있었다.

'진실로 결심하고 기억한다면 방법은 어떻게든 찾아지기 마련이다.'

빤냐는 마르가가 정말로 자신을 이끄는 것을 느꼈다. 그리고 잊지 않겠다고 다짐했다. 뱀이라는 오래된 두려움을 넘어선 순간을.

'두렵지 않아서가 아니야. 두렵기 때문에 하는 거야.'

두렵다는 바로 그 이유로 두려움과 직면하기로 결심한 순간, 뱀은 더 이상 두려운 존재가 아니었다. 그리고 빤냐가 두려워했던 상상은 막상 모든 것을 감수하자 결코 현실이 되지 않았다.

"사-띠. 사-띠."

빤냐는 읊조리며 걸음을 재촉했다.

저 멀리, 하늘과 초원이 맞닿은 자리에 어렴풋이 무언
가 보이기 시작했다. 지평선처럼 넓게 펼쳐진 나무들. 붉
은 숲이었다.

여기는 붉은 숲

"얼마 만의 숲인가."

종알대는 새소리가 여기저기서 들렸다. 나무가 만들어 낸 그늘에 들어선 것만으로도 아늑했다. 숲은 늘 풍요로운 곳이었다. 먹고 잘 만한 곳쯤은 얼마든지 찾을 수 있을 터. 빤냐는 곳곳에 보이는 작은 열매를 따 먹으면서 숲속 깊이 계속 걸음을 옮겼다.

이윽고 세찬 물소리가 들렸다.

'계곡이구나!'

빤냐는 반가움에 걸음이 빨라졌다. 아니나 다를까, 머지않아 기세 좋게 흐르는 맑고 시원한 물이 눈앞에 펼쳐졌다. 그대로 물에 뛰어들어 몸을 담갔다. 초원을 건너오는 동안 묵은 피로가 털에 엉겨 붙은 진흙과 함께 말끔하게 씻겨 나갔다. 어찌나 시원한지 새로 태어난 것처럼 상쾌했다. 물속에 들어갔다 나오기를 반복하며 계곡을 만끽하자 자신감이 온몸을 가득 채웠다. 이렇게 멋진 곳이니 마르가를 찾게 될 거라고 빤냐는 생각했다.

"붉은 숲에 오기를 잘했어."

충분히 즐긴 빤냐는 물가에 있는 널찍한 바위에 올라갔다. 햇살이 닿아 반짝이는 바위였다. 등을 대고 누웠다. 잠시 쉬면서 젖은 몸을 말릴 생각이었다. 내리쏟아지는 빛에 눈을 감았다.

잠깐 곯아떨어졌던 빤냐는 이상한 느낌에 잠에서 깼다. 눈을 뜨고 고개를 들었다.

"어?"

원숭이들이 주위를 둘러싸고 있었다. 몸을 벌떡 일으켰다. 붉은 털의 원숭이들이었다. 빤냐는 반가움에 인사를 하려다가 멈칫했다. 공기가 심상치 않았다. 고만고만한 원숭이들 가운데 덩치가 큰 녀석 하나가 눈에 띄었다. 두 눈에서 적의가 느껴졌다. 그가 주위를 둘러보며 손짓했다.

그러자 다른 원숭이들이 슬금슬금 빤냐를 향해 다가오기 시작했다.

"저기요."

빤냐가 말을 건넸다.

하지만 그들은 아랑곳하지 않았다. 이윽고 큰 원숭이의 입에서 날카로운 지시가 떨어졌다.

"잡아라."

원숭이들이 일제히 달려들었다. 빤냐는 당황했다. 제일 먼저 한 녀석이 덮쳤다. 생각할 겨를도 없이 몸이 먼저 반응했다. 그를 슬쩍 피하면서 던져버렸다. 아버지와 오랜 시간 훈련을 해온 덕분이었다. 두 번째 녀석이 얼굴을 향해 주먹을 휘둘러왔다. 주먹이 닿기 직전 빤냐는 몸을 낮춰 그의 가슴 한복판에 어깨를 들이박았다. 그가 그대로 나가떨어졌다. 연달아 두 원숭이를 가볍게 제치자 무리가 멈칫했다. 당황한 눈치였다. 빤냐는 그들 모두와 맞서 싸우기 어렵다고 판단했고, 그들이 우왕좌왕하는 잠깐의 틈을 타 달아나기 시작했다.

추격이 이어졌다. 숲을 달리며, 나무를 타고 오르며, 덩굴에 매달리면서 빤냐는 쫓아오는 원숭이들을 계속 밀어내고 때리고 집어던졌다. 붉은 털 원숭이가 수적으로 많기는 했지만 빤냐는 쉽게 잡히지 않았다. 그렇다고 그들에게서 완전히 벗어나기도 어려웠다. 아무리 포위망을 뚫으려 해도 큰 원숭이의 지시에 따라 그들은 끈질기게 따라붙었다. 그는 뱀처럼 독기 어린 눈으로 빤냐를 몰았다.

"놓치지 마라!"

그들을 모두 때려눕히는 것도, 그렇다고 도망치는 것도 불가능해 보였다. 빤냐는 큰 원숭이를 주목했다. 아버지와 비슷한 덩치였다. 다른 작은 녀석들과 끝없이 싸우느니 차라리 큰 원숭이에게 덤비는 편이 낫겠다는 생각이 들었다. 원숭이는 우두머리를 이기면 이긴 자를 따르니까. 도망만 치던 빤냐는 방향을 바꿔 큰 원숭이에게 곧장 달려들었다.

'저 녀석을 꺾는다.'

큰 원숭이는 빤냐의 뜻밖의 돌진에 놀란 듯했다.

'싸울 때는 눈을 봐. 상대의 눈을.'

아버지의 말이 떠올랐다.

빤냐는 큰 원숭이의 눈을 노려보며 덮쳤다. 그의 눈동자가 흔들렸다. 당황한 틈을 타 먼저 얼굴을 강하게 후려쳤다. 제대로 맞은 곳에서 피가 튀었다. 둘이 한데 엉켜 싸우자 나머지 원숭이들이 주변으로 모여들었다. 예상대로 그들은 쉽사리 둘의 싸움에 끼어들지 못했다. 붉은색 원숭이들이 사방을 둘러싼 가운데, 큰 원숭이는 전혀 물러서지 않았다. 싸움은 치열했다. 누르고, 조르고, 발로 차고….

아버지를 따라 훈련을 많이 해온 빤냐는 만만한 상대가 아니었다. 하지만 초원을 건너느라 체력이 빠져 있었고, 앞선 싸움 탓에 기력이 달렸다. 처음에 당황하던 큰 원숭이는 감을 잡았는지 으르렁거리며 반격을 가했다. 빤냐는 그의 적수가 되지 못했다.

싸움이 기울었다. 마침내 큰 원숭이는 빤냐 위에 올라타 꼼짝 못하게 짓눌렀다. 씩씩거리는 것이 당장이라도 목덜미를 물어뜯고 싶은 욕구를 애써 참는 느낌이었다. 빤냐는 완전히 쓰러졌지만 눈빛은 아직 죽지 않았다. 거친 숨을 몰아쉬며 그를 노려보았다. 큰 원숭이는 주먹을 번쩍 들더니 얼굴을 향해 내리쳤다. 빤냐는 그대로 정신을 잃었다. 다른 원숭이들이 일제히 다가와 빤냐를 붙잡았다.

끌려간 곳은 숲속 깊은 곳이었다. 커다란 나무 아래 널찍한 공터가 펼쳐졌다. 빤냐가 정신을 차리자 지금껏 본 적 없는 수의 원숭이들이 주위에 빽빽하게 모여 있었다. 모두 붉은 털이었다. 빤냐는 그 한가운데에 꿇어앉았다. 조금 전에 싸웠던 큰 원숭이가 앞으로 나섰다.

"너는 누구냐. 여기 왜 왔지?"

"내 이름은 빤냐다. 나를 왜 붙잡은 거지?"

"묻는 말에 대답해. 여기 왜 왔냐고!"

"붉은 숲에 가고 싶었어. 여기가 붉은 숲인가?"

"알면서 시치미 떼지 마. 푸른 원숭이들이 보낸 첩자 잖아!"

"푸른 원숭이라니? 그게 누군데? 누가 보낸 게 아니야. 내가 원해서 온 거지. 난 서쪽에 있는 회색 숲에서 왔어."

"거짓말! 서쪽은 끝없는 초원이다."

"맞아. 바로 그 초원을 건너서 온 거라고! 당신은 왜 나를 공격한 거지?"

붉은 원숭이들이 웅성거리기 시작했다.

큰 원숭이가 말도 안 된다는 듯 윽박질렀다.

"거짓말 그만해! 저 넓은 초원을 건널 수 있는 원숭이 는 없어."

빤냐는 가슴팍을 두드리며 목소리를 높였다.

"여기 있잖아. 당신 눈앞에!"

그리고 어둠의 숲에서 만난 그를 떠올리며 덧붙였다.

"그리고 예전에 초원을 건넜던 원숭이를 만난 적도 있다고!"

붉은 원숭이들이 또다시 웅성거렸다.

그때 무리 뒤편에서 늙은 원숭이 하나가 천천히 모습을 드러냈다. 붉은빛이 바래 거의 노란 털처럼 보이는 원숭이였다. 그가 입을 열었다.

"잠깐만 있어보게. 한 가지만 묻지. 초원에는 먹을 것이 없을 텐데 어떻게 건너왔는고?"

"얼마 전에 큰비가 내리고 나서 웅덩이와 시내가 많이 생겼어요. 그리고 덩굴 뿌리에 달린 하얀 것을 먹으며 왔죠. 이름은 모르지만 그 덩굴이 초원에 흔하더라고요. 먹고 마실 것이 있는데 초원을 건너는 게 뭐 대수인가요?"

대답을 들은 늙은 원숭이가 잠시 생각에 잠겼다.

그러자 빤냐가 말했다.

"얼굴의 주름을 보니 당신은 늙은 원숭이 같은데, 늙은 원숭이가 어떻게 여기 있을 수 있죠?"

그가 의아한 표정으로 물었다.

"그게 무슨 말이지?"

"내가 떠나온 곳에서 늙은 원숭이는 모두 어둠의 숲으

로 가요. 늙은 원숭이는 함께 살지 않아요."

그 말을 듣자 늙은 원숭이가 웃으며 고개를 저었다.

"우리 숲은 그렇지 않다네."

그리고 주위를 둘러보며 말했다.

"초원 건너 서쪽 멀리 그런 전통을 가진 숲이 있다는 말을 들어본 적이 있지. 비가 오면 웅덩이가 많이 생기는 것도 맞고."

큰 원숭이가 말을 끊고 소리쳤다.

"속으시면 안 됩니다. 이 자는 대번에 저를 알아보고 공격했습니다. 싸우는 걸 보니 보통 원숭이가 아닙니다."

늙은 원숭이가 괜찮다는 듯 빙그레 웃었다.

"그리고 초원을 건넜다는 원숭이가 있기는 했네. 아주 오래전 일이지만 말이야. 아무래도 이 친구 말이 거짓은 아닌 것 같아."

그제야 뒤쪽 멀찍이 떨어져 있던 원숭이 하나가 앞으로 나섰다. 그들 중 덩치가 가장 커다란 원숭이였다. 털빛이 유달리 붉어 마치 불타는 노을 같았다.

"원로의 말이 맞다. 우리가 오해했던 것 같군."

"하지만 대왕님…."

큰 원숭이가 말을 끊자 그가 버럭 고함을 쳤다.

"그만하라! 저자의 털 색깔을 봐!"

호통에 큰 원숭이는 정말로 입을 다물었지만, 여전히 분이 안 풀린 표정으로 씩씩거렸다. 가장 커다란 원숭이가 빤냐를 향해 위엄 있는 목소리로 말했다.

"그만 일어나게. 여기는 붉은 숲. 나는 붉은 숲 원숭이들의 대왕이다."

이것 또한 마르가가 인도하는 길

대왕은 오해해서 미안하다며 자리를 옮기자고 했다. 그의 거처, 햇살이 잘 드는 아늑한 굴이었다. 숲에서 싸운 큰 원숭이, 빤냐를 구해준 원로 원숭이, 그리고 몇몇 원숭이와 함께 빤냐가 앉았다. 대왕은 초원을 건너온 빤냐에게 관심을 보였다.

"몸은 괜찮은가."

그가 자못 온화한 표정으로 물었다.

"미안하군. 자네를 푸른 원숭이들 중 하나라고 생각했지 뭔가."

"하지만 저는 털이 회색이잖아요."

붉은 원숭이들이 웃었다. 오랜만에 듣는 웃음소리에 빤냐도 긴장이 누그러졌다. 빤냐와 싸운 큰 원숭이만 썩 마음에 들지 않는 표정이었다.

"그건 그렇지. 다시 한번 미안하네."

거듭 건네는 사과에 빤냐는 긴장을 풀고 평소 같은 모습으로 돌아왔다. 대왕 원숭이는 왜 붉은 숲에 오게 되었는지, 넓은 초원을 어떻게 건넜는지 물었다. 빤냐는 폭우가 쏟아졌던 밤에 있었던 일과 뱀이 알려준 하얀 것에 대해 이야기했다. 그리고 보다 넓은 세상을 보고 싶어서 회색 숲을 떠났다며 마르가에 대해 들려주었다.

이야기를 들은 대왕은 빤냐에게 더 큰 호감을 보였다.

"마르가라…. 멋진 이야기군. 자네는 마르가를 어떻게 찾고 있나?"

그 질문에 빤냐는 선뜻 입을 떼지 못했다. 어쨌거나 조금 전까지만 해도 죽을힘을 다해 싸웠던 이들이었다. 원래 겁이 많은 편이라는 말, 그래서 마르가가 보내는 신호인 두려움을 직면하려 한다는 말이 아무래도 쉽게 나오지 않았다. 빤냐가 머뭇거리자 대왕이 부담을 덜어주었다.

"말하기 어렵다면 대답하지 않아도 괜찮다네."

"나중에 때가 되면 이야기하겠습니다."

대왕은 충분하다는 듯 고개를 끄덕였다.

"이제 여기 도착했는데 무엇을 할 생각인가. 듣자 하니 자네가 힘을 조금 쓴다던데?"

대왕이 질문을 던지며 빤냐와 싸운 큰 원숭이에게 시선을 보냈다. 다른 원숭이들도 그의 얼굴에 난 상처를 바라보았다. 큰 원숭이가 인상을 찌푸렸다. 누군가 빤냐를 붙잡을 때 있었던 일을 대왕에게 전한 모양이었다.

"무엇을 하기로 정해놓은 건 없어요. 하지만…."

모두의 시선이 빤냐에게 모였다. 숨을 고른 빤냐가 말을 이었다.

"하지만 우선 붉은 숲에 왔으니, 해야 할 일을 알게 될 거라 믿어요."

대왕이 호쾌하게 웃었다.

"자신감이 있어서 좋군. 그렇다면 우리 붉은 숲의 전사가 되어보는 건 어떻겠나. 정말로 용기 있는 원숭이들만 할 수 있는 일이지. 그렇지 않은가, 대장?"

대왕은 다시금 큰 원숭이를 보았다. 빤냐는 그가 원숭이들을 지휘하던 모습이 떠올랐다. 그는 전사들을 이끄는 대장 원숭이였다. 대장이 흠칫 놀라며 마뜩잖은 표정을 지었다.

"대왕님, 하지만 이 자는 아직…."

"뭐가 '아직'이란 말인가."

대왕의 언성이 높아졌다. 자신의 말에 자꾸 토를 다는 대장이 불쾌한 듯했다.

"아닙니다, 대왕님."

대장은 곧바로 꼬리를 내렸다. 곁에 있던 원로가 빤냐를 보며 설명을 덧붙였다.

"용기 있는 원숭이만 전사가 될 수 있다네. 두려움을 모르는 원숭이 말일세. 대단히 명예로운 일이지."

겉으로 내색하지 않았지만 빤냐는 순간 등줄기에서 소름이 돋는 것을 느꼈다. 용기 있는 원숭이! 두려움을 모르는 원숭이! 정확하게 빤냐가 가야 할 길이 아닌가. 마르가의 신호를 따라오자마자 해야 할 일이 저절로 주어지고 있었다. 마르가가 인도하는 흐름에 빤냐는 문득 경이로움을 느꼈다.

대왕의 거처를 나온 빤냐는 원로를 따라갔다. 걷는 동안 그가 숲에 대해 설명해주었다.

드넓은 이 숲에는 붉은 털을 가진 원숭이와 푸른 털을

가진 원숭이가 살고 있었다. 둘 다 숫자가 많고, 각각 서쪽과 동쪽에 무리를 지어 지냈으며, 비슷한 먹이를 주식으로 삼아왔다. 가장 좋아하는 것은 바나나를 비롯한 과일이었다.

붉은 원숭이와 푸른 원숭이는 사이가 좋지 않았다. 먹을거리 때문이었다. 과일나무가 모여 있는 곳은 한정돼 있는데, 양쪽 모두 원숭이 수가 늘어나다 보니 먹이를 감당하기가 벅찼다. 끼리끼리 힘을 모아 다른 무리를 쫓아내는 일이 이따금 생겼고, 그런 충돌이 빈번해지면서 감정의 골이 깊어졌다. 쫓겨난 쪽은 쉽게 따 먹을 수 있는 맛 좋은 과일 대신 여기저기 흙을 파서, 그나마 얼마되지도 않는 야생 감자 따위를 구해야 하는 처지가 되었기 때문이었다.

두 무리의 싸움은 점점 치열해졌다. 생존의 문제가 되자 이따금은 정말로 목숨을 뺏고 뺏기는 싸움도 일어났다. 그래서 붉은 원숭이들은 마침내 푸른 원숭이와 싸우는 일만을 전문으로 하는 원숭이들을 정했다. 이른바 전사 원숭이였다. 그들은 먹을거리를 구하는 일은 하지 않았다. 대신 푸른 원숭이들과 싸우거나 그 싸움에 대비하며 온종일을 보냈다. 빤냐를 푸른 원숭이 중 하나라고 오해해 공격한 것도 바로 그 전사들이었다.

"전사가 되면 뭐가 좋나요?"

빤냐가 묻자 원로는 당연하다는 듯 대답했다.

"숲의 가장 좋은 먹을거리는 먼저 전사들에게 주어진 다네. 맛 좋은 과일들 말이야. 늘 맛있는 걸 먹으면서도 배고플 걱정이 없다면 답이 되겠나? 다른 원숭이들이 부러워하는 존재가 되는 셈이지."

"많이 위험한가요?"

"위험한 편이지. 싸워야 하니까. 하지만 전사가 되지 않는다고 해서 마냥 편한 것은 아닐세. 나머지 원숭이들은 종일토록 먹을거리를 찾으러 다니면서도 배불리 먹는 날이 드물거든. 어쩔 수 없어. 전사들이 더 중요하니까."

빤냐가 대답하지 않고 생각에 잠기자 원로가 덧붙였다.

"전사가 되고 싶다고 누구나 받아주는 건 아니라네. 자네에게는 무척 특별한 기회가 주어졌다는 것을 잊지 말게나."

설명을 들으며 빤냐는 생각했다. 먹을거리 걱정이 없다. 그리고 모두가 부러워하는 원숭이가 된다. 심지어 원로는 분명 왕 앞에서 '명예로운 일'이라고 표현했다. 빤냐는 오래전부터 자신을 괴롭히던 막연한 두려움을 떠올렸다.

'언젠가 먹을거리를 구하지 못하면 어떡하지? 다른 원숭이들이 나를 싫어하면 어떡하지?'

전사가 된다면 그 두 가지 문제를 한꺼번에 해결할 수 있었다. 그리고 전사로서 사는 것이 두려움을 모르는 원숭이가 되는 길이라고도 했다. 아직 그게 어떤 의미인지 정확히 알지는 못하지만, 그렇다면 이것 또한 마르가가 인도하는 길이라는 생각이 들었다. 빤냐는 결심했다.

"네, 알겠어요. 전사가 될게요."

"잘 생각했네. 대왕이 좋아할 거야. 다만 대장이….."

그는 무언가 말하려다 말끝을 흐렸다.

"나중에 기회가 닿으면 다시 이야기함세."

"그런데 여기가 왜 붉은 숲이라고 불리나요?"

빤냐가 물었다.

"붉은 털을 가진 우리가 살고 있으니까."

"그러면 푸른 원숭이들도 붉은 숲이라고 하나요?"

"아니. 그들은 푸른 숲이라고 부른다네."

두려움이 일어나지 않는 경지

전사들에게 가장 중요한 것은 싸움이었다. 싸움이 벌어지면 재빨리 달려 나가 전선에 서는 것이 의무였다. 하지만 매일 싸움이 일어나는 것은 아니었기에 전사들은 싸움을 대비하는 데 많은 시간을 보냈다. 크게 두 가지 임무가 있었는데, 수색과 보초였다. 전사는 두 임무를 돌아가면서 맡았다.

푸른 원숭이들은 숲의 서쪽 상황을 살피기 위해 종종 첩자를 보냈다. 새로운 과일나무가 혹시 있는지, 과일이 먹기 좋게 잘 익었는지 알고 싶어 했다. 공격할 기회를 찾거나 반대로 공격의 기미가 보이는지 파악하는 것도 중요했다. 그러니 근방에서 못 보던 회색 털의 원숭이 빤냐가 첩자로 오해를 받은 것도 무리는 아니었다.

수색 전사의 가장 중요한 임무는 그런 첩자를 잡는 일이었다. 그리고 가끔은 그들도 숲의 동쪽으로 숨어들곤 했다. 푸른 원숭이들과 같은 목적에서였다. 다시 말해 첩자를 잡거나, 혹은 첩자가 되는 것이 수색 전사들이 하는 일이었다.

보초 전사들은 주로 과일나무들을 지켰다. 붉은 숲의 과일나무는 많은 수가 숲 가운데에 군데군데 몰려 있었다. 붉은 원숭이와 푸른 원숭이가 충돌하기 쉬운 위치였다. 가운데를 빼앗겨 숲 가장자리로 밀려나면 먹을거리가 신통치 않았다. 그중에서 가장 큰 바나나 나무 지역이 지금 붉은 원숭이들의 세력 아래 있었기에 푸른 원숭이들은 호시탐탐 이곳을 노렸다. 대규모 공격도 가끔 있었지만, 소수의 습격이 더 잦았다. 특히 바나나가 익을 즈음이면 더 그랬다. 그들은 재빠르게 들이쳐 잘 익은 노란 바나나들만 다발째로 따가곤 했다. 그래서 보초 전사들이 밤낮 없이 과일나무 옆을 지켰다.

빤냐는 임무의 요령을 금방 익혔고 다른 전사들 사이에서도 쉽게 적응했다. 힘이 좋고 싸움을 곧잘 한다는 소문,

심지어 대장과 호각을 다퉜다는 소문이 그들의 마음을 여는 데 도움이 되었다.

임무는 어렵지 않았다. 싸움이 일어나지 않는 한 몸이 힘든 일도 별로 없었다. 규칙적인 일과와 특별한 소속감도 좋았다. 대장의 얼굴에 생긴 흉터를 볼 때마다 신경 쓰이기는 했지만, 전사가 된 이상 그가 시키는 대로 따르려 했기에 다행히 다른 갈등은 생기지 않았다.

무엇보다 전사가 되어 좋았던 것은 먹을거리였다. 아침이면 전사들에게 제일 먼저 상태 좋은 먹을거리들이 제공되었다. 바나나, 무화과, 견과류, 나무순과 어린잎까지. 음식은 다양하고 풍성했다. 회색 숲에서 보지 못했던 것들도 있었다. 다른 원숭이들이 가져다주는 맛있는 먹이를 언제나 배불리 먹을 수 있는 것이 전사의 특권이었다. 먹을거리가 마르가의 선물이라면, 충분히 멋지고 만족스러운 선물이었다.

빤냐는 전사의 생활이 제법 만족스러웠다. 적어도 이제 굶을 걱정이나, 누군가 자신을 미워할지 모른다는 막연한 두려움은 일단 제쳐둘 수 있었다. 이따금 빤냐는 계속 전사로 살아가는 것도 나쁘지 않겠다는 생각마저 들었다.

다만 한 가지, 오래 묵은 두려움을 제쳐놓는 대신 새로운 두려움이 조금씩 고개를 들기 시작했다.

'만약 싸움이 벌어지면 어떻게 될까. 여기서 크게 다치면? 혹시 죽기라도 한다면….'

살아오면서 빤냐는 큰 부상을 입은 적이 없었다. 그래서 불구가 되거나 죽는 일에 대한 마음의 대비가 거의 되어 있지 않았다. 그나마 어둠의 숲을 계기로 죽음을 걱정하게 되었지만, 그래도 내심 죽음을 먼 이야기로 여겼다. 그러나 붉은 숲에 온 뒤로는 많은 것이 달라졌다. 여기는 늙고 병든 원숭이가 곳곳에 있었고, 싸움 때문에 한쪽 눈을 잃거나 팔다리가 온전치 못한 이들도 눈에 띄었다.

더군다나 빤냐는 전사였다. 전사가 된 이상 싸움을 피할 수 없었고, 앞장서 싸워야 했다. 어쩔 수 없이 싸움과 그 이후를 상상할 수밖에 없었다. 특히 보초를 설 때 빽빽한 숲을 응시하는 동안, 푸른 원숭이들이 괴성을 지르며 들이닥치는 모습이 머릿속에 자주 그려졌다. 그리고 늘 그래왔듯 상상은 빤냐를 두려움으로 이끌었다.

지금 푸른 원숭이들이 쳐들어오면 어쩌지? 오늘은 보초 서는 숫자가 적은데.

저기 흔들리는 수풀이 이상해. 누가 뒤에 숨어 있는 거 아니야?

다시 찾아온 그림자 목소리였다. 긴장한 채 전방을 주시해야 하는 야간 보초 임무는 그림자 목소리가 마구 떠들어대기에 꼭 알맞은 상황이었다. 빤냐는 여전히 괴로웠지만, 대충 대꾸하며 밤 시간을 버텼다. 해가 다시 뜨고 동료 전사들과 맛있는 식사를 함께하면 그림자 목소리도 스르륵 사라진다는 걸 알았다.

한번은 대장에게 물었다.

"싸움이 벌어지면 어떻게 해야 할까요?"

"죽을힘을 다해 싸워야지. 무슨 수를 쓰든 이기면 돼."

"싸움이 두렵지 않으세요?"

"용기 있는 원숭이만이 전사가 될 수 있다고 하지 않았나."

"그러고 싶은데, 자꾸 다치거나 죽을 수도 있다는 생각이 들어요."

"그런 두려움을 이겨내야지. 두려움을 극복하는 게 전사야."

대장은 당연하다는 듯 대답했다. 정말 그렇게 생각하는지, 아니면 일부러 짐짓 그렇게 답하는지 알 수 없었다. 어느 쪽이든 대장의 대답은 별다른 도움이 되지 못했다. 빤냐는 어떻게 두려움을 극복할 수 있는지가 알고 싶었는데, 누구도 그 '어떻게'를 알려주지 않았다.

빤냐는 곰곰이 생각했다. 두려움이라는 문제, 그것을 더 증폭시키는 그림자 목소리. 그러한 마르가의 신호를 따라 여기까지 왔다. 그리고 신비롭게도 마르가는 늘 두려움과 직접 마주해야 하는 상황 속으로 빤냐를 인도했다. 두려움이라는 문제를 놓고 보면 붉은 숲은 훈련의 장이고, 전사의 역할은 훈련 그 자체였다. 만일 열심히 훈련해 두려움을 넘어선다면, 분명 그 자리에서 마르가를 찾을 수 있을 터였다.

생각 끝에 빤냐는 구체적인 목표를 정했다.

'두려움이 일어나지 않는 경지. 거기에 닿아야 해.'

어떤 상황이 닥치더라도, 심지어 누구나 두려울 수밖에 없는 상황에서도 두려움을 전혀 느끼지 않는다면 비로소 그 경지에 이르렀다고 확신할 수 있을 것 같았다.

빤냐는 빽빽한 숲속을 응시하며 두려움을 이기겠노라고 수없이 다짐했다. 두려움이 전혀 일어나지 않는 날이 오기를 바라면서, 그래서 마르가와 만나기를 바라면서 계속 중얼거렸다.

"사-띠. 사-띠."

숲 한가운데 홀로 버티고 선 빤냐

사방이 어슴푸레한 새벽 무렵이었다. 밤새 보초를 선 빤냐는 온몸이 노곤했다. 조금 있으면 다른 전사들과 교대하고 거처로 돌아가 맛 좋은 아침 식사를 할 수 있었다.

그때 저만치 앞의 숲이 이상하게 이리저리 흔들거렸다. 평소 바람이 불 때와는 확연히 달랐다. 빤냐는 직감적으로 위험을 느끼고 나무 뒤에 몸을 숨긴 채 그쪽을 계속 응시했다.

'뭐지?'

나뭇가지 위에서, 수풀 사이에서 검은 형체들이 언뜻언뜻 모습을 드러냈다.

'그들이다!'

푸른 원숭이! 빤냐는 그들을 처음 맞닥뜨렸다. 하필 보초를 서던 몇몇 전사들이 먼저 교대하러 돌아간 참이었다. 정확히 셀 수는 없었지만, 대강 살펴도 그들의 숫자가 훨씬 많았다. 이쪽의 상황을 모르는 푸른 원숭이들은 섣불리 다가오지 않고 동태를 살피는 중이었다. 빤냐는 주위에 신호를 보냈다. 다른 전사들도 상황을 알아챘다. 다들 긴장하는 모습이 역력했다. 언뜻 보아도 상대가 안 되는 숫자였다.

"너무 많아. 가서 우리 편을 불러오자."

전사 하나가 속삭였다. 겁먹은 표정이었다. 다른 전사들도 다들 비슷한 눈빛이었다. 수적으로 불리하니 싸워봐야 이기기 힘들 게 분명했다. 하지만 말이 좋아 지원 요청이지, 사실은 도망치는 거나 다름없었다. 그 사이에 저들은 익은 바나나들을 모조리 따서 돌아갈 터였다. 동료 전사들은 빤냐가 끄덕이기만 하면 당장 자리를 떠날 태세였다.

빨리 피하자! 너무 많아. 싸워봤자 상대가 안 돼!

어느새 나타난 그림자 목소리가 단호하게 말했다. 맞는 말이었다.

지원 요청했다고 하면 되잖아. 후퇴할 명분이 있어. 누

가 뭐라 못 한다고.

그림자 목소리는 영리했다. 거부하기 힘든 솔깃한 제안을 던졌다. 빤냐도 두려웠다. 도망치고 싶었다. 하지만 두려움이 느껴지면 물러서기 전에 해야 할 것이 있었다.

"사-띠. 사-띠."

두 눈은 푸른 원숭이들을 응시한 채 읊조리기 시작했다. 날뛰던 심장이 제 박동을 찾아갔다. 점차 숨이 고요해졌다. 차가운 얼음물에 머리를 담근 듯 정신이 맑아졌다.

'도망치는 건 언제라도 할 수 있어.'

생각이 다른 방향으로 움직였다.

'더 좋은 방법 없을까?'

문득 빤냐에게 한 가지 꾀가 떠올랐다. 먼저 몸이 날랜 전사를 보냈다. 최대한 빨리 가서 습격을 알리고 다른 전사들을 불러오라고 했다. 그런 다음 나머지 다른 전사들에게는 나무나 수풀 뒤로 몸을 숨기라고 지시했다. 준비를 마친 뒤, 빤냐는 푸른 원숭이들이 움직이기를 기다렸다.

잠시 후 그들도 결단을 내린 듯했다. 모습을 드러내더니 슬금슬금 다가오기 시작했다. 그 순간이었다. 빤냐가 정면으로 일어나 그들을 마주보고 섰다. 흔들림 없이 당당하게 어깨를 펴고 몸집을 최대한 부풀렸다. 다가오던 푸른 원숭이들이 움찔했다. 단 하나의 원숭이가 자신들 앞을 막아서자 살짝 당황한 기색이었다. 낯선 상황이 이 해되지 않았던 그들은 함부로 움직이지 못했다. 빤냐도 마음속은 미칠 듯이 두려웠다. 손끝이 차갑게 식었다.

안 통할 거야! 지금 바로 도망쳐야 해!

그림자 목소리가 머릿속에서 아우성쳤다. 하지만 겉으로는 아무런 내색도 하지 않았다. 이 방법이 통하지 않으면 바로 도망칠 생각이었지만, 적어도 그전까지는 끝까지 버텨볼 심산이었다. 소리를 내지 않고 마음속으로만 계속 되뇌었다.

"사-띠. 사-띠."

그때 빤냐의 뒤편에서 수풀과 나무들이 마구 흔들렸다. 다른 전사들이었다. 빤냐가 시킨 대로 몸은 드러내지 않았다. 언뜻 보면 뒤쪽에서 누군가 몰려오는 것처럼 보였다. 푸른 원숭이들이 두리번거렸다.

"우우우!"

이번에는 요란한 소리도 났다. 역시 빤냐가 일러둔 대로 다른 전사들이 내는 소리였다. 모습은 보이지 않는데 나무는 움직이고 괴성까지 들리자 푸른 원숭이들은 꼼짝하지 못했다. 그들에게서 불안한 기운이 느껴졌다.

그 순간 맨 앞에 당당히 선 빤냐가 외쳤다.

"여기서 제일 센 녀석이 누구냐? 나와 붙어보자!"

푸른 원숭이들이 웅성거렸다. 지금껏 겪어보지 못한 상황이었다. 새벽녘에 바나나 나무를 습격할 때 이런 일이 전개되리라고는 전혀 예상하지 못했을 것이다. 그들을 이끄는 원숭이마저도 빤냐의 기세에 눌렸는지 선뜻 나서지 못했다.

미쳤어? 푸른 원숭이들이 너한테 한꺼번에 덤벼들면 어떻게 하려고!

속임수라는 걸 금방 알아챌 거야. 얼른 도망쳐!

그림자 목소리가 계속 고함치고 있었다. 빤냐는 그림자 목소리를 향해, 동시에 푸른 원숭이들을 향해 외쳤다.

"썩 꺼져버려! 우워워워!"

허공을 향한 괴성이 쩌렁쩌렁 울렸다. 맨 앞의 푸른 원숭이가 기세에 눌려 한두 걸음 뒤로 물러났다. 그 모습을 본 빤냐는 더 크게 기합을 뿜어냈다.

"오오오!"

때마침 빤냐의 등 뒤 멀리서 진짜로 요란한 소리가 들려오고 있었다. 빤냐가 고개를 살짝 돌려 바라봤다. 나무와 수풀이 흔들리고 있었다.

'지원이 왔구나!'

짜릿한 느낌이 온몸을 휘감았다. 그림자 목소리가 꽁무니를 빼고 사라지는 게 느껴졌다. 두려움이 말끔히 가시면서 큰 기운이 솟구쳤다.

"당장 이리 나오라니까!"

있는 힘껏 소리를 질렀다. 나무의 흔들림은 점점 가까워지고 있었다. 수많은 붉은 원숭이였다. 그러자 푸른 원숭이들이 하나둘씩 몸을 돌려 도망치더니, 이윽고 앞다투어 달아나기 시작했다. 자신감이 차오른 빤냐는 도망가는 그들의 등을 향해 계속 소리쳤다.

"와아아아!"

곧이어 다른 전사들이 도착했다. 그들은 바나나 숲 한가운데 홀로 버티고 선 빤냐를 경이로운 눈으로 바라보았다.

완전한 승리였다.

아버지에게 받은 훈련처럼

놀랄 만한 기지로 바나나를 지켜낸 빤냐는 영웅이 되었다. 도망쳤다면 바나나를 빼앗겼을 테고, 맞서 싸웠다면 이기기 힘들었을 터였다. 양 갈래 길이 모두 막힌 상황에서 틈새를 찾아내 완벽한 승리를 가져온 빤냐였다.

커다란 나무 아래 널찍한 공터에서 붉은 원숭이들의 잔치가 벌어졌다. 빤냐가 처음 끌려왔던 곳이었다. 같은 자리에서 이제는 모든 원숭이가 빤냐에게 박수를 보냈다. 대왕도 그의 특별한 용기와 지혜를 칭찬했다.

전사가 된 후로 바쁘게 하루하루를 보내느라 다른 이들과 대화를 나눌 시간이 없었던 빤냐도 오랜만에 다른 원숭이들과 얼굴을 마주하는 게 좋았다.

"우리와 함께한 지도 이제 제법 되었군. 어떤가, 전사로 살아가는 것이?"

대왕이 물었다.

빤냐는 만족한다고, 좋은 기회를 주어 고맙다고 대답했다.

"이렇게 든든한 전사가 되어줄 줄 알았다네."

대왕은 빤냐의 노고를 치하했다. 분위기가 무르익자 빤냐는 평소에 가졌던 한 가지 생각을 제안했다.

"제가 보기에는 전사들이 더 나아질 수 있는 방법이 있어요."

대왕이 궁금한 표정을 지었다. 다른 이들도 호기심을 보였다. 대장의 얼굴에는 약간의 긴장이 맴돌았다.

"한번 말해보겠나. 특별한 경험은 특별한 생각을 낳는 법이지."

빤냐는 심호흡을 크게 하고는 자신 있는 몸짓으로 차분하게 의견을 내놓기 시작했다.

"아시다시피 전사들은 수색과 보초, 두 가지 임무만 번갈아 가며 하고 있어요. 그러다 보니 힘이 세거나 몸이 날래서 전사로 뽑히더라도, 그 뒤에는 다른 능력을 갈고닦을 여유가 없죠. 차라리 전사들의 임무를 세 가지로 나누면 어떨까요. 수색, 보초, 그리고 훈련이요. 훈련은 더 잘 싸울 수 있도록 자신을 단련하는 시간입니다. 이 세 가지 임무를 번갈아 하면 전사들 모두가 분명 더 강해질 거예요."

원로가 고개를 끄덕였다.

"일리 있는 말이네. 그런데 훈련을 어떻게 시키는고?"

빤냐는 미소를 지었다. 아버지 생각이 났기 때문이다. 아주 어릴 적부터 그는 아버지에게 강도 높은 훈련을 받아왔다. 그런데 회색 숲은 물론 붉은 숲에서도, 다른 이들이 빤냐와 같은 방식으로 훈련받는 모습을 본 적이 없었다. 심지어 전사들조차 마찬가지였다. 그래서 덩치가 좋고 힘이 세더라도 효과적으로 몸을 쓰는 법을 모르는 이들이 많았다.

"저는 방법을 압니다. 알려줄 수 있어요."

그러자 대왕이 말했다.

"좋아. 자네가 그럼 그 역할을 하지."

그는 흡족한 표정을 지으며 공터에 모인 원숭이들에게 위엄 있는 목소리로 외쳤다.

"지금부터 빤냐는 전사들의 부대장이다. 전사들을 훈련시키는 임무를 맡는다. 다들 부대장의 지도를 따라 더 강한 전사가 되도록 하라."

공터의 원숭이들이 손뼉을 치며 환호했다. 마지못해 손뼉을 치는 듯한 대장은 떨떠름한 표정을 지었다.

'훈련을 어떤 식으로 해야 할까?'

부대장을 맡은 뒤로 빤냐는 고민을 거듭했다. 자식을 가르치는 아버지의 훈련과 전사들을 단련하는 부대장의 훈련은 비슷하면서도 다를 수밖에 없었다. 하나가 아닌 여럿에게 효과적인 방법을 고안하는 것이 핵심이었다. 빤냐는 자신이 받은 훈련을 되새겼다.

'나는 아버지처럼 우두머리가 되고자 했었지. 아버지가 하는 동작을 똑같이 따라 했어. 아버지처럼 할 수 있을 때까지.'

얼마간의 고민 끝에 무엇을 해야 할지 밑그림이 그려졌다. 우선 대왕의 지시대로 '더 강한 전사'를 만드는 것을 목표로 삼았다.

'어떤 원숭이가 강한 전사일까?'

같은 전사라고 하더라도 빤냐가 보기에 실력이 너무 들쭉날쭉했다. 타고난 덩치에 따른 한계도 물론 있었지만, 그 이전에 나무 타기나 헤엄치기 같은 기술적인 부분에서도 차이가 크게 났다. 훈련을 통해서 얼마든지 실력을 키울 수 있는 영역이었다. 빤냐는 먼저 전사들이 탁월함에 이를 정도로 잘해야 하는 주요 기술들을 떠올려보았다.

'나무 타고 오르기, 덩굴에 매달려 이동하기, 강물에 뛰어들어 헤엄치기, 던지고 잡기, 누르고 조르기⋯.'

정리를 하다 보니, 모두 아버지가 빤냐에게 가르쳐준 것들이었다. 모든 전사가 이 기술들을 충분히 숙달하면 일단 더 강한 전사가 된다는 목표를 달성할 수 있을 터. 훈련 방법은 오래 고민할 필요가 없었다. 빤냐가 잘 아는 방식이자 아버지가 오랫동안 가르친 방식. 바로 '잘 보고 따라 하기'였다.

붉은 원숭이들이 강해지고 있었다

훈련이 시작되었다.

빤냐는 아버지와는 달리 모든 동작을 직접 가르칠 필요가 없었다. 각각의 동작을 빤냐보다 더 잘하는 전사들이 있었기 때문이다. 먼저 훈련해야 할 기술을 정해놓은 다음, 그것을 가장 잘하는 전사를 찾았다. 예를 들어 코코넛 열매를 던질 때 가장 잘 받는 원숭이를 고른 후 다른 전사들에게 그의 움직임을 보고 특별한 요령을 찾아내라고 했다. 코코넛 받기를 가장 잘하는 전사는 코코넛을 되도록 몸통의 한가운데로 받았다. 그러려면 팔부터 뻗는 게 아니라 한두 걸음이라도 발을 더 움직이는 것이 중요했다.

이런 식으로 요령을 찾아낸 다음에 해야 할 것은 딱 한 가지. 반복이었다. 반복, 반복, 반복. 동작이 몸에 익을 때까지 반복. 전사들은 잡아 던지거나, 어깨로 들이받거나, 발로 차는 동작을 지칠 때까지 반복했다.

훈련은 금세 자리를 잡아갔다. 빤냐로서는 어릴 적부터 매일같이 받아온 훈련이었기에 가르치는 것도 어렵지 않았다. 게다가 막상 다른 이들을 가르쳐보니 아버지가 늘 강조하던 부분이 곧 빤냐가 신경 써야 할 부분이라는 사실을 금세 이해할 수 있었다. 두 가지가 핵심이었다.

첫째, 훈련은 힘들게 하기.

아버지는 늘 훈련을 힘들게 시켰다. 정확히 말하자면 '항상 힘든 상태'에 있도록 주문했다. 차라리 짧게 하고 훈련을 빨리 끝낼지언정, 슬슬 대강하는 건 절대 용납하지 않았다. 항상 힘든 상태가 훈련의 기준이었기 때문에, 힘이 더 세지고 동작이 더 익숙해진다고 해서 훈련이 편해지는 법은 없었다. 아버지는 자주 이야기했었다.

"대충 하면 몇 달이 걸릴 훈련도, 제대로 하면 며칠 만에 끝낼 수 있어."

많은 전사를 훈련시키다 보니 각자 가지고 있는 능력이

다 달랐다. 원체 힘이 센 원숭이와 약한 원숭이, 무척 날랜 원숭이와 둔한 원숭이. 그러다 보니 같은 과제를 주더라도 누구에게는 강도 높은 훈련이 되지만, 다른 이에게는 숨이 찰 일도 없는 동작이 되곤 했다. 그래서 빤냐는 훈련의 기준을 다른 전사와 비교하는 데 두지 않았다. 오직 한 가지. 자신의 숨이 헉헉 찰 정도로 힘든가, 그것만을 강조했다.

둘째, 잘 못하는 동작을 연습하기.

아버지는 늘 빤냐가 잘하지 못하는 동작에 집중했다. 무엇을 시키든 아버지는 제대로 못하는 점, 틀린 점을 날카롭게 짚어냈고, 그 부분만 될 때까지 반복, 반복, 반복시켰다. 어린 시절 빤냐는 그런 방식이 싫었다. 칭찬 대신 지적만 받는 듯한 느낌이 드는 데다 정말로 힘들었기 때문이다. 하지만 이 훈련은 효과가 있었고 짧은 기간에도 동작이 확연히 나아지곤 했다. 그 사실을 깨닫고 나서는 군말 없이 아버지를 따랐다.

전사들도 마찬가지였다. 잘하는 건 더 하고, 못하는 건 의도적으로 피했다. 헤엄을 잘 못 치는 원숭이는 강에 뛰어들기보다 차라리 멀찍이 돌아가는 식이었다. 그러니 잘

하는 동작은 점점 실력이 늘고, 못 하는 동작은 엉망이 될 수밖에 없었다.

빤냐는 아버지처럼, 전사들 각자가 제대로 못하는 부분만 짚어냈다. 못하는 부분만 자꾸 지적하고, 심지어 숨이 찰 때까지 힘들게 반복시키는 부대장을 향해 툴툴거리는 볼멘소리가 들렸다. 그들의 마음을 잘 알고 있는 빤냐는 덩굴 하나를 집어 들었다.

"여기 긴 나무 덩굴 하나가 있다고 해봅시다. 아주 튼튼한 덩굴이지요. 그런데 가운데쯤에 딱 손가락 길이만큼만 썩은 부분이 있습니다. 그러면 여러분은 이 덩굴을 잡고 매달릴 수 있나요?"

"안 됩니다. 거기가 끊어질 거예요."

"맞습니다. 이 덩굴이 얼마나 튼튼한지는, 그 덩굴에서 가장 약한 부분이 어떤지에 달린 겁니다. 마찬가지예요. 여러분이 얼마나 강한 전사인지는, 여러분의 가장 약한 부분이 어떤지에 달려 있습니다."

빤냐는 훈련에 열심이었다. 열정적으로 가르치는 부대장의 영향으로 전사들도 조금씩 변하기 시작했다. 못하던 동작을 반복하니 익숙해졌고, 잘하는 전사를 따라 하니 실력이 늘었다. 더 강한 전사가 되어감을 스스로 체감하자 훈련을 받는 분위기도 한층 진지해졌다. 전사들의 자신감이 점점 커졌다. 붉은 원숭이들이 강해지고 있었다.

나에게 꼭 맞는 자리

세월이 흘렀다.

붉은 숲의 부대장으로 자리 잡은 빤냐는 여전히 바쁜 나날을 보내고 있었다.

훈련은 머지않아 효과를 보이기 시작했다. 전사들의 반응이 먼저였다. 헤엄을 못 치던 전사, 나무 타기가 느리던 전사, 싸움에 자신이 없던 전사들이 부족한 점을 극복하고 나자 빤냐를 칭송했다. 그리고 소규모의 실제 전투에서도 성과가 입증됐다. 푸른 원숭이들과 맞붙었을 때 붉은 원숭이들이 지는 경우가 현저히 줄어든 것이다.

대장은 이런 상황이 썩 마음에 들지 않았다. 전사들이

강해지는 건 반가웠지만, 그로 인해 빤냐의 목소리가 커지는 것이 불편했다. 수색과 보초에서도 성과를 내면 자신의 지위를 흔들지도 몰랐다. 그래서 한 가지 꾀를 냈다. 빤냐가 다른 임무는 하지 않고 훈련시키는 일에만 집중하게 하자고 대왕에게 건의한 것이다.

빤냐로서는 반대할 이유가 없었다. 푸른 원숭이들과 싸울 걱정을 덜 수 있기 때문이었다. 대왕은 수색과 보초 임무에서 빤냐를 완전히 제외하고, 상대적으로 안전한 숲의 서쪽 끝에 머물면서 훈련에만 집중하도록 지시했다. 한발 더 나아가 대왕은 전사가 아닌 일반 붉은 원숭이들도 조금씩이나마 빤냐의 훈련을 받도록 조를 짰다. 그들을 예비 전사라고 불렀다. 사실 덩굴을 잡고 이동하거나 헤엄을 잘 치는 일, 혹은 던지고 잡는 일은 누구에게나 도움이 되는 기술이었다. 덕분에 힘이나 덩치가 두드러지지 않아 애초에 전사가 되지 못했던 이들 가운데서도 특별한 재능을 보이는 원숭이들이 나왔고, 그중에서 새로운 전사가 탄생하기도 했다. 성공 사례가 하나둘 이어지면서 훈련장에는 늘 의욕을 보이는 원숭이들이 눈에 띄었다.

빤냐는 이러한 변화들이 나쁘지 않았다. 부대장으로서 붉은 원숭이들 사이에서 더 많은 존중을 받았기 때문이다. 함께 음식을 먹거나 쉴 자리를 정할 때도 다른 전사들보다 먼저 고를 수 있었다. 비록 작은 차이였지만, 분명히 조금 더 만족스러운 기분을 주었다.

수색과 보초에서 제외된 이후로는 직접 위험한 상황에 처할 가능성도 크게 줄었다. 푸른 원숭이들이 들이닥치는 두려운 상상에서도 자연스레 벗어났다. 대신 엄청나게 바빠져서 쉴 틈이 없었다. 해가 몇 번이나 뜨고 졌는지도 신경 쓸 수 없을 만큼 훈련 일정이 빡빡했다. 머릿속에 다른 생각을 할 여지 자체가 사라졌다. 그 덕분일까. 그림자 목소리가 오랫동안 찾아오지 않았다. 하지만 빤냐는 그것조차 인식하지 못한 채 하루하루를 보냈다.

어느 날, 원로가 빤냐를 찾아와 훈련시키는 모습을 물끄러미 바라보았다. 처음 붉은 숲에 들어와 첩자라고 오해받았을 때 빤냐를 구해준 원로. 세월이 흐르며 그는 더 늙었고, 노랗던 털에는 이제 희끗희끗한 기운마저 들었다. 잠시 쉬는 시간, 빤냐가 다가가자 원로가 흐뭇한 표정을 지었다.

"열심히 한다는 말을 듣고 보러 왔다네. 전사들이 더 강해졌다고 칭찬이 자자하구려."

"다들 잘 따라와 준 덕분입니다."

"부대장을 따르는 이가 늘면, 시기를 받을 수도 있네."

시기라니? 빤냐는 이해가 되지 않았다.

"저는 제 일만 열심히 할 뿐인걸요."

원로는 빤냐의 눈을 지긋이 쳐다보다가 고개를 끄덕였다. 이내 다른 이야기로 넘어갔다.

"부대장은 이 일이 잘 맞는 듯하군."

잘 맞는 일, 그렇지 않은 일. 빤냐는 그런 생각을 해본 적이 없었다. 어린 시절에는 아버지가 가르친 대로 부지런히 따랐을 뿐이고, 회색 숲을 떠난 뒤에는 눈앞에 주어진 일을 하나하나 해치우며 살아왔다. 사실 지금도 마찬가지였다. 대왕의 지시니까. 이 일을 하면 풍족한 먹을거리와 잠자리가 주어지니까. 그리고 무엇보다 부대장이 된 후에는 할 일이 많아서 너무 바빴다. 다른 생각을 할 겨를조차 없었다.

"생각해보니 그런 고민을 한 적이 없었던 것 같습니다. 맞는지 맞지 않는지와 같은 고민이요."

"그래도 전사들이 더 강해진 건 부대장이 열심히 해준 덕이 아니겠나."

"어릴 적부터 제가 원래 궁금한 게 많았습니다. 그래서 배우는 걸 좋아했는데, 막상 해보니까 배운 걸 알려주는 것도 재미있네요. 그래서 열심히 하는 것처럼 보이나 봅니다."

원로는 흐뭇하게 웃으며 빤냐의 어깨를 다독였다.

"그게 맞는 일이라는 거지. 재미가 있는지 없는지. 꼭 맞는 자기 자리에 있는지는 그걸 보면 알 수 있다네. 힘들더라도 재미가 있으면, 그리고 더 잘하고 싶은 마음이 있으면 그건 맞는 일일세."

빤냐는 그의 말이 일리가 있다는 생각이 들었다. 힘들더라도 재미있는 일, 그리고 더 잘하고 싶은 일. 지금 원숭이들을 훈련하는 일은 분명 그런 일이었다.

"내가 이만큼 살아온 뒤에 돌아보니 그러하더군. 먹고 사는 일이 우선 급하지만, 그게 일단 해결된 다음에는 맞는 일을 찾아야 한다네. 그래야 삶에 의미가 생기는 법이지. 언젠가 부대장이 이야기한 마르가도 그런 것이 아니겠나. 내 귀에는 그렇게 들렸네."

마르가.

그 단어를 듣자 빤냐는 잠시 멍해졌다. 한동안 그것을 잊고 지냈다는 사실을 깨달아서였다. 왜 그랬을까. 하루하루가 너무 바빠서. 먹을거리 걱정이 전혀 없어서. 푸른 원숭이들과 직접 싸울 위험이 없어서. 여러 가지 이유를 떠올리다가 문득 빤냐는 제법 오랫동안 두려움이 올라오지 않았다는 것을 깨달았다. 두려움을 이기기 위한 주문을 읊조린 지도 퍽 오래되었다. 이것이 마르가를 찾았다는 뜻일까. 부대장의 역할이 '꼭 맞는 자기 자리'라면 지금 여기가 바로 마르가일까. 아직은 확신할 수 없었다. 빤냐가 진지한 표정을 지으며 물었다.

"맞는 일인지 아닌지 사실 잘 모르겠습니다. 그런데 만약에요, 이 일이 저한테 맞는 일이 아니라는 걸 알면 어떻게 해야 하지요?"

그가 당연하다는 듯 대답했다.

"걱정할 필요가 뭐가 있겠나. 다른 데로 가면 되지. 저 넓은 초원을 건너온 부대장 같은 이가 또 어디든 못 가려고."

아예 저들을 쓸어버리면 어떻겠습니까?

가뭄이 찾아왔다. 경험 많은 늙은 원숭이들의 말로는 실로 오랜만에 겪는 가뭄이라고 했다.

한참이나 비가 내리지 않자 가장 큰 걱정은 먹을거리였다. 붉은 숲의 원숭이들이 주식으로 삼는 과일들이 예전 같지 않았다. 특히 물을 흠뻑 머금어야 잘 자라는 바나나가 문제였다. 작고 시들시들해서 바나나 다발이 평소의 절반 크기도 못 되었다. 게다가 그나마 열린 바나나도 튼튼하지 못한 탓에 거뭇거뭇 병이 들었다.

일반 원숭이들은 물론 전사들도 배부르게 먹지 못하는 날이 늘면서 붉은 숲의 분위기가 조금씩 험악해져 갔다.

게다가 푸른 원숭이와 크고 작은 충돌도 잦아지고 있었다. 바나나 나무를 노린 습격이 늘어난 탓에 전사들의 신경이 더욱 곤두섰다. 대장은 숲 동쪽으로 첩자를 더 자주 보냈다. 그러나 먹을거리가 부족한 것은 푸른 원숭이 쪽도 마찬가지였다.

어느 날 밤, 대왕이 회의를 소집했다. 대장, 원로, 다른 몇몇 원숭이가 대왕의 처소에 모였다. 빤냐도 함께였다. 먹을거리가 부족한 상황을 헤쳐보려 했지만 뾰족한 수가 없었다. 침묵이 길어졌다. 공기가 무거웠다.

그때 대장이 입을 열었다.

"이 기회에 아예 저들을 쓸어버리면 어떻겠습니까?"

다들 흠칫 놀란 표정이었다. 대장은 전면적인 공격을 제안하고 있었다. 푸른 원숭이들을 없애고 붉은 숲 전부를 차지하면 지금은 물론 앞으로도 먹을거리 문제가 해결될 거라는 논리였다. 자잘한 다툼이 큰 싸움으로 번진 적은 있었지만, 처음부터 아예 몰살시킬 생각으로 쳐들어간다? 여태껏 없던 일이었다. 원숭이들이 웅성거렸다.

"가능하겠나?" 대왕이 넌지시 물었다.

"우리에게는 단련된 전사들이 있지 않습니까. 그리고

전사가 아닌 원숭이들도 예비 전사로서 훈련을 계속 받아 왔습니다."

대장은 기세 좋게 대답하며 빤냐에게 공을 넘겼다.

"부대장 보기에는 우리 전사들이 어떤가? 그동안 충실히 훈련을 시켜오지 않았나?"

빤냐는 갑작스러운 질문에 뭐라고 답해야 할지 몰랐다.

"훈련으로 전사들이 더 강해진 것은 맞습니다만…."

말이 채 끝나기도 전에 대장이 힘을 주어 말했다.

"보십시오. 부대장도 동의하지 않습니까."

빤냐가 무언가 더 이야기하려 했지만 대장은 말을 막으며 단언했다.

"요즘 푸른 원숭이들과 싸우면서 우리가 진 적이 없습니다. 다시없는 기회입니다."

원숭이들의 의견이 갈렸다. 찬성과 반대로 나뉘어 몇 차례 논의가 오갔다. 빤냐는 싸움이 싫었다. 위험이 두렵기도 했다. 마음 같아서는 덜 먹고 견디자고 말하고 싶었다. 하지만 이미 분위기가 험악했고, 가뭄이 언제 끝날지도 알 수 없었다. 게다가 '부대장이 훈련을 잘 시켰다'고 강조하는 대장 앞에서 그렇지 않다고 반박할 수도 없는 노릇이었다. 처음에는 미심쩍어하던 대왕도 서서히 관심을 보이더니 마침내 결심을 굳혔다.

전쟁. 전면적 공격이었다.

먹을거리 부족 문제를 논의하다가 나온 결론이었지만, 사실 대왕의 마음을 결정적으로 사로잡은 건 대장이 던진 야심 찬 주장 때문이었다.

"이왕 이렇게 된 일, 먼저 푸른 원숭이들을 없앤 다음에 다른 숲으로도 진군하는 게 어떻겠습니까. 아직 차지하지 못한 숲이 많이 있습니다. 세상 모든 숲을 우리 붉은 원숭이의 것으로 만드는 겁니다."

대왕은 세력을 계속 키우자는 말을 대단히 마음에 들어 했다. 남쪽, 북쪽…. 아직 손이 닿지 않은 숲이 많이 있었다. 따지고 보면 불가능한 일도 아니었다. 강한 전사가 있었고, 강한 전사를 지휘하는 대장이 있었으며, 강한 전사를 길러내는 빤냐가 있었다. 무엇보다 원숭이들은 너도나도 전사가 되고 싶어 했다. 빤냐가 훈련을 시작한 이후로 붉은 원숭이들의 전력이 크게 향상된 건 부인할 수 없는 사실이었다.

빤냐는 움찔했다. '다른 숲'이라고 했을 때 빤냐가 떠나온 회색 숲이 가장 먼저 떠올랐다. 물론 그 사이를 가로막은 드넓은 초원 때문에 불가능해 보이긴 했지만, 불안한 마음이 드는 것은 어쩔 도리가 없었다.

　결정이 나자 일사천리로 논의가 진행되었다. 원로는 날을 셈하더니 달이 어두운 밤을 골라 새벽에 공격하는 것이 좋겠다고 말했다. 그믐달이 뜨는 밤. 바로 이틀 뒤였다. 대왕은 날이 밝는 대로 전사들은 물론 예비 전사들 중에서도 당장 전쟁에 가담할 수 있는 이들을 준비시키라고 지시했다. 팽팽한 긴장과 함께 흥분과 설렘이 그 자리에 모인 이들을 감쌌다.

　단 하나, 빤냐를 제외하고.

　회의를 마치고 보금자리로 돌아온 빤냐는 고민이 깊었다. 그 길밖에 없을까? 아무리 먹을거리가 부족하다고 해도 그걸 핑계로 아예 푸른 원숭이들을 쓸어버린다고? 가뭄이 들어 힘들다지만, 시간이 지나면 해소될 수도 있는 문제였다. 실제로 바나나를 비롯한 모든 과일이 풍작이었던 지난 몇 년 동안은 푸른 원숭이들과의 충돌도 한층 적었다. 게다가 전쟁을 치른다고 해도 이번 한 번으로 끝나지 않을 것 같은 예감이 강하게 들었다. 대장이 세력 확장을 제안할 때 반짝이던 대왕의 눈빛 때문이었다.

　빤냐는 이 상황이 내키지 않았지만 별다른 수가 없었

다. 전쟁에 찬성하는 건 아니었지만, 딱히 반대할 명분도 없었다. 회의에서 어중간한 태도를 취해 여기까지 온 것이 털어내기 힘든 찜찜함을 남겼다. 무엇보다 빤냐는 전쟁이 무엇인지, 어떤 일이 펼쳐질지 전혀 몰랐다. 오랜만에 머리가 복잡했다. 잊혔던 그림자 목소리가 다시 찾아올 것 같았다.

출정 전야

날이 밝았다. 붉은 숲은 전쟁 준비로 부산했다.

대왕은 싸울 수 있는 원숭이들을 모두 모이게 했다. 그리고 그동안 아껴두었던 바나나며 견과류며 나무순들을 모두 따오게 하더니, 다음 먹을거리는 숲의 동쪽에서 구하게 될 테니 남김없이 배불리 먹으라고 했다.

다음 날 새벽은 달이 없는 밤이었다. 원로는 하얀 진흙을 가져왔다. 원숭이들의 이마에 바를 흙이었다. 밤이 어두우면 식별이 어려우니, 하얀 흙을 발라 피아를 구분하기 위한 표식으로 삼으려는 것이었다.

대장은 수색 전사들을 곳곳에 보내 혹시 모를 첩자를

경계하도록 했다. 이쪽의 움직임이 새어 나가면 큰 낭패였다. 붉은 원숭이들은 몹시 들떠서 흥분한 상태였다. 푸른 원숭이들을 쓸어버린 뒤에는 훨씬 더 배불리 먹을 수 있을 거라며 전의를 다졌다.

원숭이들을 모아놓고 대장이 작전을 지시했다.

"최대한 소리를 내지 말고 깊이 들어가라. 가장 강한 전사들은 나와 함께 움직인다. 우두머리를 제거하는 것이 최우선 목표다. 우두머리를 제거하면 큰 소리로 알려서 푸른 원숭이들의 사기를 꺾겠다. 덩치 큰 원숭이들은 남김없이 제거하고, 어린 원숭이들은 최대한 사로잡아라. 나중에 쓸 일이 있을 것이다."

대장은 의욕에 불타 있었다. 빤냐에게는 예비 전사들과 함께 뒤에서 따르라고 지시했다. 빤냐의 실력이면 선봉을 맡겨도 충분했을 텐데 일부러 제쳐놓는 느낌이었다. 빤냐는 아무래도 좋았다.

준비를 마친 붉은 원숭이들은 해 질 무렵 일찌감치 휴식을 취했다. 한밤중이 되면 깨어나 곧장 진군할 예정이었다.

빤냐는 쉽사리 잠이 오지 않았다. 미세한 떨림이 멈출 줄 몰랐다. 이렇게 큰 규모로 싸움을 하는 것은 처음이었다. 내일 새벽, 어떤 일이 벌어질지 상상이 가지 않았다. 두려움이 올라오는 것이 느껴졌다. 오랫동안 잊고 지내, 혹시 이제는 넘어선 것은 아닌지 잠깐 생각하기도 했던 두려움이 다시 고개를 들었다.

죽을 수도 있어. 이번에는 정말로.

맨 앞에 서지 않은 건 다행이야. 뒤는 아무래도 덜 위험하겠지?

그림자 목소리였다. 오랜만에 돌아왔다. 하지만 빤냐는 놀라지도, 실망하지도, 귀찮아하지도 않았다. 그저 재잘거리는 대로 내버려두었다. 전쟁이 벌어지면 다치는 것은 물론이고, 죽을 수도 있었다. 이 밤이 지나면 한 치 앞도 알 수 없는 소용돌이 속으로 뛰어드는 셈이었다.

'나는 어쩌다가 여기까지 오게 되었나.'

머릿속이 복잡해진 빤냐는 붉은 숲에서의 지난날들을 되짚어보았다.

마르가를 찾아 세상 끝까지 가보겠노라며 초원을 건너온 지도 여러 해가 지났다. 뜻밖에 전사의 자리를 제안받았고 부대장으로 승진도 했다. 회색 숲과는 비교도 안 될 만큼 드넓은 붉은 숲에서. 그것도 출세라면 출세였다. 덕분에 먹을거리 걱정은 전혀 없었다. 태어난 이후 그 어느 때보다 맛있는 음식을 편하고 배불리 먹었다. 훈련을 잘 시킨 덕에 부대장으로서의 지위도 튼튼했다. 전쟁이 끝나면 더 많은 전사를 길러내라는 지시를 받을지도 몰랐다.

'나에게 맞는 일이었던가?'

언젠가 원로가 던진 질문이 떠올랐다.

아마도 그랬다. 일은 나쁘지 않았다. 보람도, 성과도 있었다. 매일 바쁘게 지내는 동안 두려움이 올라오지 않은 점도 고무적이었다. '두려움이 일어나지 않는 경지'에 도달했다는 느낌도 들었다. 혹시 지금의 자리가 마르가는 아닌지 고개를 갸웃할 정도로. 그러나 출전을 앞둔 밤, 빤냐는 그 생각이 섣부른 착각이었음을 깨달았다. 잘 먹고 좋은 대우받으며 지낸 지난 몇 해는, 당장 눈앞에 닥친 생사의 갈림길 앞에서 찰나의 평화조차 만들어내지 못했다.

차라리 회색 숲에 있었으면 이런 일 따위 없었을 것 아니야. 마르가는 무슨! 당장 내일 전쟁에서 죽을지도 모르는데.

그림자 목소리가 아우성쳤다. 빤냐의 마음은 그 목소리에 휩쓸리고 있었다. 고향을 떠나온 것이 처음으로 후회되었다. 빤냐는 생각을 떨쳐내려고 고개를 세차게 흔들었다.

'이럴 때가 아니야. 내일은 힘든 날이 될 텐데 얼른 잠 들어야 해.'

빤냐는 머릿속이 뒤죽박죽 어지러웠다. 그리고 막다른 길에 다다랐음을 알게된 순간, 문득 어둠의 숲에서 받았던 가르침이 생각났다.

'두려움에 압도되면 도망치고 싶은 생각뿐이거든. 그러니 두려움이 느껴지면 곧장 이 주문을 외우게. 기억해야 한다는 사실을 기억나게 할 거야.'

오랫동안 잊고 있었던 주문. 지푸라기라도 잡는 심정으로 읊조리기 시작했다.

"사-띠. 사-띠."

조금씩 호흡이 차분해졌다. 고동치던 심장이 한 호흡, 한 호흡 드나들 때마다 서서히 가라앉았다. 흙탕물처럼 뿌옇던 머릿속이 맑아지자 빤냐는 어둠의 숲에서 만났던 그의 가르침을 천천히 되새겨보았다.

'두려움과 맞닥뜨려야 할 일이 끊임없이 찾아올 거야. 피해서는 안 되네. 그것이 마르가가 인도하는 방식이라는 사실을 잊지 말기를.'

빤냐는 문득 깨달았다.

'바뀐 건 없어. 나는 아직 마르가를 찾지 못했을 뿐이야.'

여전히 머릿속에서 속삭이듯 말을 걸고 있는 그림자 목소리에게 말했다.

"네 말이 맞아. 그러니까 이제 그만 떠들어줄래? 어쨌든 나는 내일 싸울 수밖에 없어."

생각을 정리한 빤냐는 자리에 누웠다. 이것도 마르가의 인도라면, 주어진 일에 최선을 다할 작정이었다. 출정 전야. 이토록 각성한 느낌은 생경했다. 어쩌면 내일 전장에서 마르가를 찾을지도, 두려움이 일어나지 않는 경지에 닿을지도 모른다는 희망을 잠깐 품어보았다. 주문을 읊조리며 그는 서서히 잠에 빠져들었다.

"사-띠. 사-띠."

지옥이나 다름없었다

새벽녘, 숲은 깊은 어둠에 잠겨 있었다. 붉은 원숭이들은 동쪽으로 조용히 진군했다. 대장이 이끄는 전사들이 앞에서 길을 트고, 부대장 빤냐가 이끄는 예비 전사들이 그 뒤를 따랐다. 전투 경험이 거의 없는 예비 전사들은 긴장한 기색이 역력했다.

대장이 빤냐에게 일렀다.

"내가 앞장설 테니 부대장은 뒤처리나 실수 없이 잘하도록."

빤냐는 말없이 고개만 끄덕였다.

칠흑 같은 어둠 속에서 이마에 칠한 하얀 표식만이 압

도적으로 빛나고 있었다. 일찍 일어난 그들의 눈은 이미 어둠에 익숙해진 지 오래였다. 배불리 먹고 충분한 휴식을 취한 뒤라 움직임이 날렵했다.

"이제 저들의 구역이다."

앞장선 대장이 낮은 목소리로 말했다. 진군하는 발걸음에 긴장감이 고조되었다.

멀찍이 떨어진 곳에 푸른 원숭이들이 보였다. 보초를 서고 있는 이들이었다. 이쪽 편의 움직임을 조금도 눈치채지 못한 듯 꾸벅꾸벅 졸고 있었다. 대장이 손짓했다.

"계획한 대로 움직여라."

모든 전사들이 수풀 속으로 몸을 낮추었다. 가장 날래고 힘센 전사 몇몇이 나무 뒤를 우회해 보초가 있는 쪽으로 향했다. 숨을 죽이고 신호를 보낸 후, 합을 맞추어 일거에 보초에게 달려들었다. 도망치지 못하도록, 그리고 소리를 지르지 못하도록 뒤에서 목을 졸랐다. 빤냐에게 훈련받은 전사들의 움직임은 정교하고 날카로웠다.

순식간에 보초를 제거하고 나자, 대장과 전사들은 빠르게 움직였다. 푸른 원숭이들이 모여 있는 숲의 동쪽 중심부를 향해 그들의 눈빛은 불타올랐다. 목표가 저 앞에, 손에 잡힐 듯 보였다.

"적이다! 습격이다!"

푸른 원숭이 중 하나가 고함을 쳤다. 거의 동시에 대장과 전사들이 푸른 원숭이들의 거처에 들이닥쳤다. 숲의 고요함이 순식간에 비명과 혼란으로 뒤바뀌었다. 푸른 원숭이들은 전투 준비는커녕 아직 잠에서도 제대로 깨지 않은 상태였다.

"저기 가운데다! 큰 나무로 돌진하라!"

첩자를 통해 지형지물을 파악해둔 대장은 계획대로 가장 강한 전사들과 함께 중앙을 파고들었다. 한 무리는 나무를 가르며, 다른 무리는 수풀을 헤치며 질풍처럼 달려갔다. 방어 태세를 갖추기 전이라 거칠 것이 없었다. 막으려고 뛰어든 몇몇 푸른 원숭이들은 순식간에 제압당했다. 전사들의 움직임은 빠르고 정확했고, 각각의 공격은 치명적이었다. 목을 물어뜯고 얼굴을 가격했다. 처음부터 살상을 목적으로 한 동작은 마구잡이 싸움과는 전혀 달랐다.

전사들이 헤집어놓은 공간은 빤냐와 예비 전사들의 몫이었다. 이제 막 잠에서 깨어 허둥지둥하는 푸른 원숭이들이 그들의 공격 대상이었다. 전투는 곧바로 격렬해졌다. 비명과 절규가 숲을 울렸다.

"물러서지 마라! 싸워라!"

몇몇 푸른 원숭이들이 필사적으로 외쳤지만, 준비되지 않은 저항은 날카롭고 체계적인 붉은 원숭이의 돌진 앞에 무기력했다. 여기저기서 피가 터지고 원숭이들이 쓰러졌다.

"으악!"

"아악!"

어둑한 새벽, 동쪽 숲은 공포와 경악으로 가득 찼다.

"저기다! 우두머리다!"

푸른 원숭이들의 우두머리를 발견한 대장이 외쳤다. 우두머리는 적들이 코앞까지 몰려온 데다 자기 편이 썩은 나무처럼 쉽게 쓰러지는 모습을 보며 넋이 나갔다.

"너희가 어떻게!"

우두머리가 분노에 찬 소리를 지르고는 등을 보이고 도망치기 시작했다.

대장은 일말의 틈새도 주지 않고 지시했다.

"우두머리가 도망간다. 잡아라!"

그러자 지시받은 대로 전사들이 따라서 외쳤다.

"우두머리가 도망간다!"

"우두머리를 잡아라!"

대장의 전략이 맞아떨어졌다. 우두머리가 도망친다는 외침이 들려오자 푸른 원숭이들은 눈에 띄게 당황했다. 여기저기 전열이 흐트러졌다. 싸움을 포기하고 도망치는 이들이 늘었다.

하지만 대장은 잔혹했다. 승기가 보이자 더 강하게 밀어붙였다.

"모두 쓸어버려라. 한 놈도 살려 보내지 마라!"

대장이 앞장서 푸른 원숭이를 도륙하자 전사들의 공격은 더욱 거칠어졌다. 그들은 대장을 따라 물고 찢으며, 무자비하게 공격했다. 고통으로 가득 찬 비명이 숲을 가득 채웠다. 살육이 익숙하지 않았던 원숭이들마저 무언가에 씐 듯 날뛰기 시작했다.

전투의 광풍이 숲을 집어삼켰다. 수풀과 나무가 온통 피에 젖었다. 쓰러져가는 푸른 원숭이들은 고통 속에 몸부림쳤지만 붉은 원숭이들은 끝까지 자비를 베풀지 않았다. 도망치는 원숭이, 다친 원숭이들까지 일일이 쫓아가 목숨을 끊었고, 싸울 수 없는 어린 원숭이들은 사로잡아 질질 끌고 왔다. 그 광경은 지옥이나 다름없었다.

머지않아 대장과 전사들이 도망친 우두머리를 붙잡아 왔다. 그는 더 이상 살아 있는 목숨이 아니었다. 대장이 틈을 주지 않고 숨통부터 직접 끊어버린 것이었다. 전사 여럿이 커다란 주검을 끌고 와 큰 나무 아래 내동댕이쳤다. 피에 젖은 몸뚱아리가 축 늘어졌다. 붉은 원숭이들은 터질 듯한 흥분으로 괴성을 질러댔다.

"우워워어!"

"끝났다. 우두머리가 죽었다!"

푸른 원숭이들의 완전한 패배였다. 대장과 전사, 예비 전사들 모두 너 나 할 것 없이 기뻐 날뛰었다. 그러나 그런 모습을 넋 나간 표정으로 바라보고 있는 이가 있었다.

빤냐였다.

처음에는 빤냐도 지시받은 대로 최선을 다해 싸웠다. 전략적인 습격 덕분에 싸움은 생각보다 일방적이었고 빤냐도 거침없이 공격을 개시했다. 그러나 빤냐는 어느 순간 예상을 뛰어넘는 잔혹한 모습에 할 말을 잃고 말았다.

도망치는 원숭이, 부상당한 원숭이. 죽일 필요가 없는 그들마저 살육해대는 전사들. 그리고 승기를 완전히 잡은 뒤에도 여전히 살기에 찬 외침을 토해내는 대장. 그것은 광기 그 자체였다.

"다 죽여라! 한 놈도 살려두지 마라!"

빤냐는 대장의 눈을 보았다. 핏발 선 시뻘건 눈은 괴물이나 다름없었다. 그런 그의 모습에 빤냐는 망연자실했다.

'이런 뜻이었나. 모두 쓸어버리라는 것이.'

두 손을 내려다보았다. 시뻘건 피가 뚝뚝 떨어졌다. 어지러웠다. 구역질이 올라왔다.

'내가 무슨 짓을 한 거지?'

숨도, 생각도, 몸도 멈추었다. 숲 전체가 빙글빙글 돌기 시작했다.

네가 만든 거야. 네가 훈련시킨 전사들이잖아.

그림자 목소리였다. 세상을 분간할 수 없는 현기증을 비집고 그림자 목소리가 속삭였다.

모두 네가 죽인 거나 다름없어.

벗어나고 싶었다. 토하고 싶었다. 비척거리며 뒷걸음질을 치던 빤냐는 나무를 짚고 간신히 두 다리로 버티고 섰다.

그때 그가 기대어 선 나무 옆 그루터기 속에서 무언가가 꿈틀거렸다. 그루터기 구멍을 가리고 있는 수풀을 제쳤다. 거기에는 덜덜 떨고 있는 푸른 원숭이가 있었다. 아주 어렸다. 그가 고개를 들어 빤냐를 보았다. 미간 한가운데에 흰 털이 박혀 있었고, 한쪽 눈에서는 피가 많이 흘렀다. 이 와중에 다친 듯했다. 죽음의 공포로 질려버린 표정에는 살려달라는 애원을 담은 간절한 눈빛이 가득했다. 대장은 어린 원숭이를 모두 붙잡으라고 지시했지만, 빤냐는 망설였다.

"휘익. 휘익."

멀리서 모이라는 신호가 들렸다. 전투가 완전히 끝났다는 의미였다. 머뭇거리던 빤냐는 옆에 있는 널찍한 잎을 들어 다른 이들이 보지 못하도록 그루터기의 구멍을 가렸다. 잎사귀 틈새로 어린 원숭이가 빤냐를 뚫어져라 응시했다. 길고 긴 새벽이 마침내 지나갔다.

그 누구도 죽고 싶어 하지 않았다

산처럼 쌓아 올린 먹을거리 앞. 붉은 원숭이들이 빙 둘러서 환호성을 지르고 있었다. 몇몇 부상을 입은 이들도 있었지만 얼굴만큼은 기쁨으로 빛났다. 붙잡힌 푸른 원숭이들의 낑낑거림은 그 환호성에 파묻혀 들리지 않았다.

전쟁을 치르고 난 밤. 어제까지만 해도 푸른 원숭이들의 보금자리였던 곳에서 붉은 원숭이들이 잔치를 벌이기 시작했다. 푸른 원숭이들이 아껴두었던 과일이 가득 쌓였다. 먼저 대왕이 붉은 원숭이들의 활약을 치하했다.

"모두들 너무나 잘 싸워주었다. 이제 붉은 숲 전체가 우리의 것이다. 용맹하게 싸워준 우리 전사들, 그대들 덕분이다. 마음껏 먹자. 오늘 전투를 지휘한 대장에게도 박수를!"

대장이 기백 넘치는 목소리로 대답했다.

"오늘의 승리는 모두 전사들의 공입니다. 용맹하고 강한 전사들이 아니었다면 이런 승리는 불가능했을 겁니다."

대왕이 흐뭇한 표정으로 고개를 끄덕였다.

"그렇네. 이렇게 강한 전사들이 세상 어디에 또 있단 말인가. 참으로 기쁘다."

대장이 하늘을 향해 주먹을 높이 치켜들며 외쳤다.

"붉은 원숭이들의 세상을 더 크게 만들자!"

"와아아!"

전사들이 함성을 지르며 한목소리로 호응했다.

대왕은 한껏 고조된 목소리로 명령했다.

"붉은 원숭이들의 세상은 이제 시작이다. 부대장은 더 강한 전사들을 길러내도록 하라!"

그러나 아무런 응답이 없었다. 모두 두리번거리며 부대장을 찾았다.

"부대장은 어디 있는가?"

대장이 물었지만, 주위 어디에도 빤냐의 모습은 보이지 않았다. 잠시 의아함이 스쳤으나, 곧 대장이 앞장서 만세를 외쳤다. 빤냐의 부재는 순식간에 강한 함성에 묻혔다.

"대왕 만세! 전사들 만세! 붉은 원숭이 만세!"

"만세! 만세!"

한참이나 떨어진 곳. 붉은 원숭이들의 함성이 조금도 닿지 않는 깊은 숲속이었다. 달빛도 없는 어두운 바위 위에 빤냐가 앉아 있었다. 혼자였다.

어제 새벽, 치열한 전투를 치른 뒤 빤냐는 무리에서 떨어져 정처 없이 숲속으로 들어갔다. 종일토록 걷다가 어느 바위 위에 쓰러지듯 주저앉았다. 그리고 해가 지고 밤이 되도록 꼼짝도 하지 않았다. 숲은 고요함을 넘어 적막하기까지 했다. 하지만 빤냐는 그 적막을 조금도 느끼지 못했다. 그의 머릿속은 전쟁터의 비명과 끔찍한 참상으로 요동치고 있었다.

살기 가득한 붉은 원숭이들, 도망치려 애쓰는 푸른 원숭이들, 붙잡혀 질질 끌려가는 어린 원숭이들의 모습이 눈앞에 생생했다. 그리고 한 가지 더, 넓은 초원을 건너다 폭우를 만났던 밤. 살기 위해 진흙 언덕 위에서 몸부림치던 뱀의 몸뚱이가 자꾸만 그 참상 위로 겹쳐 떠올랐다.

'살고 싶어 했어. 죽고 싶어 하지 않았어. 뱀도, 원숭이

도, 그 누구도.'

원숭이들의 천적인 뱀조차 죽음 앞에서는 목숨이 소중했다. 그리고 목숨을 구해준 은혜는, 심지어 말이 통하지 않는 뱀도 잊지 않고 갚았다. 삶을 간절히 원하고 죽음을 치가 떨리게 두려워하는 것은 모든 존재가 마찬가지였다. 빤냐는 이 사실을 경험을 통해 체득해왔다.

'그런데 죽고 또 죽였어. 멀쩡한 이들을. 두 손으로.'

빤냐는 어젯밤의 모습을, 전쟁터에서 보았던 광경을 도저히 납득할 수가 없었다.

네가 죽인 거야. 네가 훈련시킨 거잖아.

그림자 목소리였다.

'아니야. 나는 이럴 줄 몰랐어.'

빤냐는 절망스러운 말투로 대답했다. 그러나 그림자 목소리는 코웃음을 쳤다.

아니. 너는 이렇게 될 줄 알았어. 네가 그동안 가르친 게 뭔데?

'아니야, 아니야….'

빤냐가 괴로워했지만 그림자 목소리는 비난을 멈출 줄 몰랐다.

목이 타는 듯이 말랐다. 피가 말라붙은 털이 뻣뻣했다.

빤냐는 몸을 일으켜 물이 있을 만한 곳을 찾아 겨우 다시 걷기 시작했다. 숲속 깊숙이, 다른 원숭이들의 그림자조차 닿지 않는 깊은 어둠 속으로 빤냐는 계속 나아갔다.

성실하지 않았던 시간의 대가

아직 한밤중이었다. 졸졸 흐르는 냇가에 빤냐가 앉아 있었다. 완전히 지쳐버렸다. 차가운 물에 얼굴을 씻고 나서야 그림자 목소리가 잦아들었다. 전쟁의 참상, 생과 사의 치열함, 피와 비명의 잔혹함에서 거리를 둘 수 있게 되자 빤냐는 처음부터 다시 곱씹기 시작했다. 왜 싸워야 했는가. 무엇 때문에 싸워야 했는가. 싸울 수밖에 없던 일이었나.

아무리 생각해도 이유는 하나뿐이었다.

'먹을거리'를 위해서. 보다 잘 먹고, 넉넉하게 먹고, 걱정 없이 먹기 위해서. 전사로서의 명예니, 붉은 원숭이의 세상이니 하는 말로 아무리 포장한다고 해도, 결국 출발점이자 목적지는 그것이었다.

'솔직히 좋았어.'

맛있는 과일을 배불리 먹을 수 있어서 좋았다. 전사와 부대장이 된 덕분에 지난 세월 풍요롭게 살아온 건 사실이었다. 하지만 이런 결과를 바란 것은 절대로 아니었다.

'싸우기 위해서 잘 먹어온 거라면? 혹은 잘 먹기 위해서 싸운 거라면?'

어느 쪽도 마음이 편하지 않았다. 더군다나 대왕과 대장, 그리고 몇몇 이들이 꿈꾸기 시작한 '붉은 원숭이의 세상'을 위해서는 앞으로도 계속 싸워야 할 가능성이 컸다.

'내가 너무 어리석었나?'

후회하는 마음이 강하게 올라왔다. 전사가 된다고 해도 우리 편을 지키고 적을 쫓아내는 일만 하면 될 거라고 생각했다. 부대장이 되어 훈련을 시키면서도 우리 편이 더 강해져서 덜 다치게 되기만을 바랐다. 빤냐는 자신이 가르친 기술들이 이런 참혹한 결과로 이어질 거라고는 조금도 알지 못했다.

'대장만 아니었으면….'

빤냐는 그의 야심과 시기심, 그리고 지위에 대한 집착

을 새삼 떠올렸다. 성과를 내려고 대왕을 부추겨 전쟁까지 일으켰다는 생각이 들었다. 하지만 전사들을 훈련시켜 전쟁을 가능하게 한 것은 결국 빤냐 자신이었다. 날카롭게 벼린 칼을 그의 손에 쥐여준 셈이었다. 자신의 어리석음은 변명의 여지가 없었다.

문득 어린 시절 회색 숲에서 훈련받을 때 아버지가 자주 했던 말이 떠올랐다.

'언젠가 원치 않은 일이 일어나거든, 그건 성실하지 않았던 지난 어느 시간의 대가라는 사실을 명심하거라.'

원치 않은 일이 일어났다. 하지만 전사가 되고 부대장이 된 뒤로 성실하지 않았던 적이 있었던가. 몸은 늘 부지런했고, 일 처리는 항상 빈틈이 없었다. 그럼에도 불구하고 원치 않은 일은 이렇게 일어나버렸다.

그제야 빤냐는, 아버지가 말한 성실이 비단 행동의 성실만을 의미하지 않는다는 사실을 깨달았다. 그것은 판단의 성실까지 포함한 것이었다. 이 판단이 어떤 영향을 주는지, 어떤 결과로 이어질지를 끝까지 고민해야 했다. 그런 고민 없이 떠밀리듯 다다른 이곳. 도대체 어디서부터 어긋나기 시작한 걸까. 빤냐는 곰곰이 생각했다. 그 시작은, 전사라는 선택지를 덥석 받아들인 순간이었다.

'왜 전사가 되기로 했었지?'

대왕의 제안이 생각났다.

'붉은 숲의 전사가 되어보는 건 어떻겠나. 정말로 용기 있는 원숭이들만 할 수 있는 일이지.'

원로의 설명도 기억났다.

'용기 있는 원숭이만 전사가 될 수 있다네. 두려움을 모르는 원숭이 말일세.'

먹을거리나 다른 이들의 존중도 있었지만, 무엇보다 빠냐가 전사의 길에 마음을 열게 된 것은 두려움에 대한 언급 때문이었다. 두려움을 극복할 수 있는 길. 전사가 되면 그 길을 알 수 있을 거라 여겼다. 전사가 되기로 결정한 가장 큰 원동력은 마르가에 가까워질 수 있으리라는 믿음이었다.

'맞는 길인 줄 알았어. 어느 지점까지는.'

전사가 된 후에는 먹을 걱정이 없었고, 든든한 동료들과 함께였으며, 올라오는 두려움을 계속 이겨냈다. 게다가 부대장으로 바쁜 시간을 보내는 동안에는 두려움을 느낄 틈이 아예 없었다. 그림자 목소리도 사라졌다. 붉은 숲의 부대장 역할이 곧 자신의 마르가인가 하는 생각마저 들 정도였다.

그러나 거기까지였다. 싸움이 끝난 지금, 마음이 조금도 편하지 않았다. 두려움을 논하기 이전에, 그들이 말한 용기는 결과적으로 누군가를 해치기 위한 것이었다. 폭우 속에서 뱀을 구했던 일처럼 누군가를 살리기 위한 용기와는 정반대였다.

'모든 살아 있는 존재들은 계속 살고 싶어 해. 삶에서 가장 중요한 일이 마르가를 찾는 것이라면, 누군가를 죽이는 일이 마르가로 향하는 길일 리 없어.'

이제 빤냐는 처음 전사가 되기로 한 것부터가 어긋난 선택이었다는 사실을 가슴 깊이 이해했다.

'결국 한 걸음도 나아가지 못한 건가.'

여기까지 생각이 미치자 허탈한 웃음이 새어 나왔다. 죽을 고비를 넘기고 넓은 초원을 건너와 붉은 숲에서 보낸 지 몇 년. 출세도 하고 성과도 거두었지만, 결국 제자리였다. 출정 전야에 다시 등장한 두려움과 그림자 목소리도 기억났다. 두려움이 아예 일지 않는 경지. 빤냐는 거기에 조금도 닿지 못했음을 알았다.

여기는 마르가가 아니었다.

전사를 그만두기로 결심했다. 다른 길을 찾아야 했다.

이제 더는 붉은 숲에 머무를 이유가 없었다.

無無明
亦無無明盡
乃至無老死
亦無老死盡

무명은 없고
무명이 다함도 없다
늙고 죽는 것이 없으며
늙고 죽는 것이 다함도 없다

3부

세상의 끝 푸른 바다 앞에서

남은 길은 하나였다

쏴아, 쏴아.

철썩, 철썩.

한 번도 본 적 없는 푸른 물이 끝없이 펼쳐져 있었고, 그 위를 파란 하늘이 무한한 넓이로 감쌌다. 온통 푸른빛으로 가득한 그곳에 서서, 빤냐는 물을 한 움큼 떠 올려 조심스레 맛을 보았다.

"퉤퉤." 혀에 닿자마자 뱉어버렸다. 무척이나 짜고 썼다. 도저히 마실 수 없는 물이었다. 빤냐는 모래 더미에 주저앉아 주위를 둘러보았다. 오른편 바다 쪽으로 길게 뻗은 곶 하나가 보였다. 그 곶을 제외하고는 좌우 어디에도 더 나아갈 만한 땅이 없었다.

'여기가 동쪽의 끝인가.'

빤냐는 푸른 하늘과 푸른 물이 맞닿은 지점을 응시했다. 오래전 어둠의 숲에서 만난 그가 했던 말이 생각났다.

'더 넓은 세상을 보고 싶어 여행을 했지. 그저 세상의 끝까지 가보고 싶었어. 초원을 지나 큰 숲, 그 너머 바다까지.'

그가 이야기한 큰 숲 너머 바다가 여기를 말하는 것 같았다.

'이제 더 갈 곳이 없구나. 여기서 마르가를 찾을 수 있을까.'

그동안 빤냐는 몇 날 며칠을 쉬지 않고 계속 걸어왔다. 사실 얼마나 시간이 흘렀는지 알 수도 없었다. 다른 생각은 들지 않았다. 붉은 원숭이든, 푸른 원숭이든 오직 원숭이들에게서 멀리 떨어지겠다는 마음뿐이었다. 동쪽으로, 또 동쪽으로. 숲이 이어지는 한 계속.

가뭄 탓인지, 아니면 원래부터 그랬던 것인지 푸른 원숭이들의 보금자리로부터 동쪽으로 이어진 숲은 그다지 풍요롭지 못했다. 시원한 냇물은 드물었고, 과일나무도 많지 않았다. 빤냐는 군데군데 보이는 덜 익은 과일이나 자라다 만 나무순에 의지해 허기를 달래야 했다. 원숭이들의 흔적은 물론이고, 다른 동물의 기척도 거의 없었다. 삭막한 숲이었다. 푸른 원숭이들이 동쪽으로 밀려나지 않으려 애썼던 이유를 알 것 같았다.

바다로 뻗은 곳 하나를 제외하고 더 나아갈 곳이 없던 빤냐는 나무 그늘에 등을 기대고 앉아 바다를 바라보았다. 회색 숲을 떠날 때는 붉은 숲에만 가면 무언가 해결이 될 것이라 막연히 믿었다. 하지만 몇 년의 세월이 흐른 지금, 그의 곁에는 아무도 없었다. 눈앞에는 바다가, 등 뒤에는 적막한 숲뿐이었다. 현실은 끝 간 데 없는 저 바다만큼이나 막막했다.

다 틀렸어. 완전히 혼자야. 먹을거리나 있을까?

어느새 찾아온 그림자 목소리가 중얼거렸다. 빤냐는 반박할 말이 없었다. 동쪽 끝에 닿아 더 갈 곳이 없자 두려움이 슬금슬금 곁으로 왔다.

'정신을 차려야 해. 이제 무엇을 해야 할까.'

기억을 더듬었다. 어둠의 숲에서 들었던 말을 떠올렸다.

'마르가를 반드시 찾겠다는 결심. 그리고 그 결심을 잊지 않는 기억. 자네가 진실로 결심하고 기억한다면 마르가는 계속 자네에게 길을 알려줄 거야.'

빤냐는 자신의 마음을 차분히 들여다보았다. 마르가. 그리고 마르가가 보내는 신호인 두려움. 두려움을 넘어서고 싶은, 두려움이 일어나지 않는 경지에 이르고 싶은 마음은 여전했다. 결심도, 기억도 아직 그대로였다.

'그렇다면 마르가가 이끌어주겠지. 어떻게든 길이 보일 거야.'

더는 어디에도 의지할 곳이 없어진 빤냐는 저도 모르게 읊조리기 시작했다. 다시금 머리가 차츰 맑아져갔다.

"사-띠. 사-띠."

작은 회색 숲에서 살았을 때는 우두머리가 되는 것이 목표였다. 우두머리가 되면 적어도 굶지는 않고 살 수 있었다. 어제와 같은 오늘을 살 수 있었고, 오늘과 같은 내일을 기대할 수 있었다. 현상 유지. 하지만 거기까지였다. 현상 유지라는 작은 유리 구슬은 언제든 깨질 수 있기에 두려움은 가실 줄 몰랐고, 그마저도 영원할 수 없음을 깨달은 뒤에는 더 머물 수 없었다. 회색 숲에는 마르가가 없었다.

붉은 숲에 머물 때는 점점 더 많이 갖기를 바랐다. 그 결과 전사가 되었고, 부대장이 되었다. 아마 그보다 더 높은 자리가 주어졌더라도 기꺼이 최선을 다했을 것이다.

어쩌면 대장은 빤냐의 그런 태도를 무의식적으로 경계했는지도 몰랐다.

잠자리, 먹을거리, 지위와 권한. 더 많은 것을 가지면서 점점 더 많이 누렸고, 더 많이 누리면서 더 즐거워했다. '더 많이'를 향해 나아가는 동안 두려움은 잠시 잊었다. 그러나 '더 많이'의 끝이 향하는 곳은 지옥이었다. 붉은 숲에도 마르가가 없었다. 지금 이대로 머무는 것도, 더 많이 갖는 것도 답이 아니었다. 그렇다면 남은 길은 하나였다. 더 적게 갖는 것.

'언젠가 먹을거리를 구하지 못하면 어떻게 하지? 다른 원숭이들이 나를 싫어하면 어떻게 하지?'

오랫동안 괴롭혀온 두 가지 두려움. 빤냐는 그 뿌리 깊은 두려움 속으로 철저히 들어가보기로 했다. 배불리, 더 맛있는 것을 먹으려다가 여기까지 오게 되었고, 다른 이들의 존중에 취해 이렇게 되었으니 일부러 그 두 가지를 멀리하는 것이 앞으로 가야 할 길이었다. 남은 길에서 마르가를 찾으리라.

'무엇이 되었든, 원하는 것을 점점 더 적게 갖겠다.'

얼마나 큰 괴로움을 마주하고 또 그것을 견딜 수 있을

지. 그 길을 통해 두려움이 없는 경지에 과연 이를 수 있을지. 그리고 그 끝에서 마르가를 찾을 수 있을지. 빤냐는 자신을 시험하기로 결심했다.

어디까지 괴로울 수 있는지

첫 번째 실행은 거처였다.

먼저 지금 앉아 있는 자리를 거처로 삼기로 했다.

안락한 굴은커녕 한 몸 닐 수 있는 그루터기 구멍도 아니었다. 그냥 나무 밑. 게다가 나무뿌리가 그대로 드러나 다소 울퉁불퉁한 곳이었다. 풀 한 포기 나지 않은 모랫바닥은 거칠고 딱딱했다. 등 뒤의 나무가 그늘을 만들어 뙤약볕은 피할 수 있었지만 거센 비바람까지 막기에는 역부족이었다.

빤냐는 되뇌었다.

'무엇이 되었든, 원하는 것을 점점 더 적게 갖겠다.'

지금까지 늘 그래왔듯 편안한 굴을 찾아 푹신한 풀을 깔고 싶은 마음이 들었다. 바로 그 이유 때문에 빤냐는 그 자리를 거처로 정했다.

두 번째 실행은 묵언이었다.

입을 닫고, 말을 하지 않기로 했다.

빤냐는 어릴 적부터 이야기 나누는 것을 좋아했다. 늘 아버지와 대화를 주고받았고, 어둠의 숲에서도, 붉은 숲에서도 누구에게든 말을 건넸다. 다른 원숭이들과 친해지고 싶어서이기도 했지만, 사실 다른 이유도 있었다. 혹시나 미움을 받을까 봐 미리 두려워하는 마음 때문에 애써 친근한 말투로 말을 걸곤 했던 것이다.

빤냐는 되뇌었다.

'무엇이 되었든, 원하는 것을 점점 더 적게 갖겠다.'

누군가와 친해지고 싶다는 마음을 내려놓았다. 외톨이가 되어 미움받을 수 있는 상황도 기꺼이 감수하기로 했다. 혹여나 다른 이가 다가와 말을 걸더라도 대꾸하지 않을 작정이었다.

세 번째 실행은 먹을거리였다.

점점 더 적게, 점점 더 거칠게 먹기로 했다.

맛있는 것을 넉넉하게 먹고 싶은 마음은 설명이 필요

없는 욕구였다. 거의 본능에 가까웠다. 그런데 문제는 그 욕구가 스스로 멈출 줄 모른다는 점이었다. 며칠을 굶으면 뿌리 열매 한 알이 간절했고, 뿌리 열매를 먹고 나면 바나나가 생각났다. 그러다 바나나로 배를 채우면 무화과니, 견과류니 더 다양한 것들이 먹고 싶어졌다. 욕심은 만족을 몰랐다. '이만하면 됐다'라는 마음은 먹을거리 앞에서는 좀처럼 들지 않았다. 흥미로운 것은 더 많이, 더 맛있게 먹고 싶은 욕구가 한편으로는 못 먹게 될까 봐 두려워하는 마음과 이어져 있다는 사실이었다. 두려움의 큰 뿌리는 먹을거리에 닿아 있었다.

빤냐는 되뇌었다.

'무엇이 되었든, 원하는 것을 점점 더 적게 갖겠다.'

일부러 적게 먹을 생각이었다. 배불리 먹는 것이 목표가 아니라, 죽지만 않는다면 가능한 한 적게 먹는 것이 새로운 목표였다. 그리고 맛있는 것을 일부러 멀리하기로 했다. 선택할 수 있다면 언제나 덜 맛있어 보이는 것을 고르겠노라고 다짐했다.

의도한 것은 아니었지만 빤냐의 이런 결심은 꽤 쓸모가 있었다. 바닷가는 애초에 먹을거리가 넉넉한 곳이 아니었기 때문이다. 붉은 숲에서 대접받던 대로, 혹은 회색 숲에서 먹던 대로 지내려 했다면 큰 괴로움에 시달렸을 것이 틀림없었다.

근처에서 눈에 띄는 먹을거리라고는 작은 하얀 뿌리 열매와 간혹 보이는 노란 과일뿐이었다. 둘 다 빤냐가 이름을 모르는 것들이었다. 뿌리 열매는 딱딱하고 흙냄새가 났다. 둥글고 길쭉한 노란 과일에서는 달콤한 향기가 났다. 당연히 과일이 더 먹음직스러웠지만 바로 그 이유 때문에 빤냐는 과일에 입을 대지 않기로 했다. 흙냄새 나는 뿌리 열매가 이곳에서 택한 주식이었다.

처음에 빤냐는 하루 한 번, 배가 고프지 않을 정도로만 뿌리 열매를 먹었다. 며칠이 지난 뒤 그 양을 절반으로 줄였다. 다시 며칠이 지나자 거기서 또 절반, 오래지 않아 빤냐는 단 한 개의 뿌리 열매로 하루를 보냈다. 그런데도 아직 한계는 오지 않았다. 정신은 오히려 또렷해졌다. 몸을 움직일 때를 제외하고는 견딜 만했다. 빤냐는 하루 한 알의 뿌리 열매를 이틀에 한 알로, 다시 사흘에 한 알, 나흘에 한 알로 계속 줄여갔다. 마침내 닷새에 한 알까지 줄이고 나서야 빤냐는 더 줄이는 것을 멈추었다.

먹는 음식이 극도로 줄어들자, 몸을 움직일 기력이 없

어졌다. 빤냐의 일상은 점점 단순해져 갔다. 먹기 위해 일어설 때를 제외하고는 거처로 정한 나무 그늘을 거의 떠나지 않았다. 해가 뜨면 나무에 등을 기대고 바다를 향해 앉아 있다가, 밤이 오면 몸을 웅크리고 잠들었다.

물론 배가 고팠다. 몸도 편하지 않았다. 작은 빗방울만 떨어져도 두들겨 맞는 것처럼 살갗이 아팠다. 하지만 빤냐는 결심을 거두지 않았다.

'동쪽으로는 더 이상 갈 수 없듯이, 여기서 물러나면 남은 길은 없어.'

고행하는 내내 오로지 이 생각뿐이었다.

'어디까지 괴로울 수 있는지 보자. 얼마나 견딜 수 있는지 보자.'

이 길 어딘가에는 마르가가 있을 것만 같았다. 두려움이 없는 경지에 오를 수 있기를 간절히 바라면서 빤냐는 소리를 내지 않고 웅얼거렸다.

"사-띠. 사-띠."

설명이 불가능한 신비한 일들

얼마간의 시간이 흘렀다. 아무도 없는 바닷가에서 빤냐는 고행을 계속하고 있었다.

몸은 빠르게 야위어갔다. 팔다리는 가늘어졌고, 갈비뼈가 드러났다. 이윽고 뱃가죽이 등에 붙을 지경이 되었다. 그런데도 빤냐는 결심을 거두지 않았다.

'얼마나 더 견딜 수 있을까? 한계를 알고 싶다.'

극한의 상황을 버티는 데 있어 빤냐가 가진 호기심은 큰 힘이 되었다. 배가 고픈 와중에도 얼마나 더 고플 수 있는지 궁금했고, 배고픔이 통증으로 바뀌어가는 중에도 얼마나 더 아플 수 있는지 궁금했다. 자기 몸을 대상으로

한 탐구도 흥미로운 앎이 될 수 있다는 사실을 처음으로 깨달았다. 동시에 아무도 해본 적 없는 극한의 고행을 견뎌낼 수 있다면, 두려움 따위도 물리치지 못할 리 없겠다는 생각이 들었다. 이런 생각은 괴로움을 이겨내는 데 커다란 동기부여가 되어주었다.

그림자 목소리도 꽤나 잠잠해졌다. 드문드문 찾아와도 조금 중얼거리다가 금방 사라지곤 했다. 먹는 양을 줄여서인지, 몸의 기력이 없어서인지, 적게 갖겠다는 결심 때문인지, 아니면 세 가지 모두 관련이 있는지 빤냐는 궁금했다.

어쨌거나 음식과 움직임을 모두 줄이자 불필요한 생각도 서서히 사라졌다. 빤냐는 코코넛 껍질에 가득 담은 물을 흘리지 않으려고 조심하듯이, 내적인 균형을 섬세하게 맞추고자 주의를 기울였다. 덕분에 기력은 거의 없었지만 정신은 또렷했다. 오히려 잠도 거의 사라져 밤에도 눕지 않고 깨어 있는 시간이 많아졌다. 온종일 나무 그늘 아래 돌처럼 가만히 앉아 고요히 머무르는 빤냐. 잘 하고 있는 것이라 여기며 쉼 없이 웅얼거렸다.

"사-띠. 사-띠."

그런 빤냐에게 설명 불가능한 신비한 일들이 하나둘 일어났다. 이를테면 날씨가 어떻게 변할지 알게 되었다.

화창했던 어느 낮이었다. 며칠 동안 비 한 방울 내리지 않았고 하늘에는 구름 한 점 없었다. 그런데 문득 하늘이 시커먼 먹구름으로 뒤덮이더니 굵은 장대비가 쏟아지는 모습이 보였다. 동시에 빤냐는 그것이 다음 날 하늘의 모습이라는 사실을 알았다. 어떻게 알았느냐고 묻는다면 물론 설명할 도리가 없었다. 다만 빤냐에게는 내일의 날씨가 마치 눈앞에서 펼쳐지는 것처럼 분명하게 느껴졌다. 그리고 다음 날, 정말로 하늘에서 폭우가 쏟아졌다.

묵언을 오래 한 후 듣게 된 소리도 있었다.

뿌리 열매를 구하려면 보통은 그것이 있음직한 나무를 찾아 그 아래를 파헤쳐야 했다. 뿌리에 열매가 달린 나무도 흔치 않았지만, 기껏 파헤쳐도 아무것도 없어 허탕을 치는 경우가 더러 있었다. 지금처럼 몸이 약한 빤냐에게 그런 식으로 일일이 땅을 뒤지는 일은 결코 녹록지 않았다.

하지만 언제부터인가 빤냐는 흙을 파보지 않고도 뿌리 열매가 달린 나무를 알았다. 나무의 모양새를 보고 구분한 건 아니었다. 먹을 때가 되어 몸을 일으키면 빤냐 귀에 어떤 작은 목소리가 들려왔다.

이쪽이야.

목소리를 따라 조금 걸어가면 뿌리 열매가 있을 법한 나무가 나타났다. 가까이 다가가면 또 속삭였다.

이 아래야.

뿌리 열매는 대부분 힘들게 파헤치지 않아도 쉽게 뽑아 들 수 있을 정도로 지면 가까이에 있었다. 나무의 목소리일지, 아니면 숲의 목소리일지는 알 수 없었다. 그저 저절로 빤냐를 찾아왔다.

예전 같았으면 도무지 설명할 수 없는 일들, 놀라거나 두려워할 만한 일들이었다. 그것도 한두 번이 아니라 종종 일어났다. 하지만 지금의 빤냐는 어떤 까닭인지, 그런 일들이 아무렇지 않게 느껴졌다. 처음 신비한 일을 겪었을 때도 놀라지 않았고, 몇 번 겪은 후로는 눈으로 색을 보고 코로 냄새를 맡는 일처럼 당연하게 여겼다. 날씨가 어떻게 바뀔지 안다고 해서 호들갑을 떨고 싶은 마음도 없었고, 들려오는 낯선 목소리를 붙들어 말을 걸고 싶은 생각도 없었다. 어찌 된 영문인지 알 수 없었지만, 솔직히 말해서 알고 싶지도 않았다. 알지 못한다고 해도, 애초에 그런 설명할 수 없는 일들이 일어나지 않았다고 해도 달라질 것이 없다는 마음뿐이었다. 두려움과 호기심이 유달리 많았던 예전의 빤냐와는 확연히 달라진 모습이었다.

'마르가에 다가갈 때 뜻밖의 선물을 받는 경우가 종종 일어난다네.'

어둠의 숲에서 만난 그가 했던 말. 빤냐는 이런 신비한 일들이 마르가의 선물임을 알았다.

시간이 계속 흘렀다.

빤냐는 폭우가 쏟아지리라는 것을 알아도 여전히 자리를 바꾸지 않았고, 뿌리 열매가 주렁주렁 달려 있어도 늘 하나만 집어 들었다. 몸은 점점 말라갔다. 씻지 않는 빤냐의 털에 이끼가 자라기 시작했다. 윤기가 흐르던 회색 털은 여기저기 초록빛으로 뒤덮였다. 거의 움직이지 않았기에 얼핏 보면 나무 아래에 놓인 돌로 보일 지경이었다. 움직이지 않는 몸처럼, 마음 역시 거의 움직이지 않았다. 빤냐는 '이제서야 어떤 경지에 오른 것은 아닌가' 하는 생각이 들었다. 틀림없이 마르가에 가까이 왔다고 여겼다.

푸른 원숭이들이 다가왔다

"끽끽끽."

부산한 소리가 멀리서 들려왔다. 한둘이 아닌 여럿이었다. 빤냐는 여느 때처럼 눈을 감고 가만히 앉아 있었다.

'누구지?'

궁금한 마음이 일었다. 한적한 바닷가에 누군가 나타난 것은 실로 오랜만이었다. 그러나 빤냐는 눈을 뜨지도, 몸을 움직이지도 않았다. 이윽고 멀찍이 떨어져 있던 그들이 이쪽으로 오는 소리가 들렸다.

"끽끽끽."

여전히 웅성대는 소리. 일순간 그들의 부산스러움이 멈

216

칫했다. 그리고 빤냐가 있는 쪽을 향해 다가오기 시작했다. 아마 빤냐를 발견한 모양이었다. 몇 걸음 떨어진 곳까지 오더니 발걸음을 멈추었다. 이쪽을 살피는 기색이었다.

툭.

무언가가 날아와 빤냐를 맞추었다. 그들이 던진 작은 돌이었다. 빤냐는 여전히 미동도 없었다.

툭. 툭.

반응이 없자 돌 몇 개가 연달아 더 날아왔다. 조금 뒤, 그들이 더 가까이 왔다. 누군가 손으로 빤냐를 쿡쿡 찌르는 것이 느껴졌다. 빤냐는 반응하지 않았다. 그러자 한 녀석이 나뭇가지를 들어 빤냐의 귀에 넣었다. 아픔이 느껴졌다. 참지 못하고 빤냐가 눈을 떴다.

"와아아!"

놀란 그들은 소리치며 순식간에 흩어졌다. 원숭이들의 뒷모습이었다.

다음 날, 그들이 돌아왔다.

빤냐는 여전히 눈을 감은 채 움직이지 않았다. 끽끽거리는 소리가 멀찌감치서 들리더니 조금씩 가까워졌다. 툭툭 돌을 던지며 다가오던 그들은 이어서 나뭇가지로 빤냐의 몸을 쿡쿡 찔러댔다.

빤냐가 눈을 떴다.

"와아아!"

다시금 그들이 흩어졌다. 하지만 어제처럼 완전히 꽁무니를 빼지는 않았다. 도망가다 말고 어느 정도 거리를 두고 멈추더니, 다시 빤냐를 향해 몸을 돌렸다. 그제야 빤냐도 그들을 제대로 볼 수 있었다. 예닐곱의 푸른 원숭이. 아직 어린 친구들이었다.

그중 한 녀석이 시선을 끌었다. 미간 한 가운데에 흰 털이 박혀 있었다. 다쳤는지 한쪽 눈을 쓰지 못했다. 빤냐는 그가 누구인지 단번에 알았다. 푸른 원숭이들을 습격하던 그 새벽, 그루터기 구멍 안에 숨어서 벌벌 떨던 아주 어린 원숭이. 빤냐가 못 본 척 숨겨주었던 그였다. 용케도 살아남아 여기까지 온 것이었다. 그러고 보니 다른 원숭이들도 그때 숲에서 쫓겨난 푸른 원숭이들인 것 같았다.

빤냐는 그 새벽의 참상이 다시 기억났다. 흘릴 눈물조차 남아 있지 않은 메마른 눈에도 뜨거운 기운이 올라왔다. 푸른 원숭이들은 잠시 빤냐의 주위에 머물더니 슬그머니 사라졌다.

다음 날이었다.

그들은 큰 원숭이와 함께 나타났다. 이번에는 돌을 던지지도, 나뭇가지로 장난을 치지도 않았다. 조심스럽게 다가와 빤냐 가까이에 섰다. 기척을 느낀 빤냐도 감았던 눈을 천천히 떴다.

푸른 원숭이. 퍽 늙어 보이는 이였다. 그의 뒤로 며칠 동안 보아 온 어린 원숭이들이 끽끽거리며 옹기종기 모여 있었다. 그들과 두어 걸음 떨어진 곳에 흰 털이 박힌 애꾸 원숭이도 보였다.

늙은 원숭이는 아무 말이 없었다. 무턱대고 만지거나, 다짜고짜 말을 건네지도 않았다. 그저 빤냐의 얼굴이며 털을 유심히 살폈다. 빤냐는 여전히 반응하지 않았다.

이윽고 늙은 원숭이가 뒤를 돌아보며 어린 무리에게 말했다.

"붉은 원숭이가 아니란다."

그 말을 들은 어린 원숭이들이 자기들끼리 끽끽거렸다. 안도하는 듯한 모습이었다.

그는 빤냐 옆에 한참을 앉아 있었다. 늙은 원숭이들은 대개 특별한 일이 없어도 한가로이 머무르는 법을 알았지만, 빤냐 옆에서는 왠지 더 편안한 듯 보였다. 어린 원숭이들은 주변에서 뛰어놀았다. 빤냐는 그저 고요히 머무를 뿐이었다.

해가 질 무렵, 늙은 원숭이가 어디론가 사라지더니 약간의 뿌리 열매와 노란 과일을 빤냐 앞에 가져다 놓았다. 빤냐도 이미 알고 있는, 그러나 입에 대지 않았던 과일이었다. 그러고는 무리를 거두어 어디론가 사라졌다.

빤냐는 물끄러미 바라보다가 뿌리 열매 하나를 집어 입에 넣었다.

세상이 미소를 건넸다

푸른 원숭이들은 빤냐를 종종 찾아왔다. 어린 원숭이들은 꽤 자주 왔고, 이따금 늙은 원숭이가 오기도 했다. 그들은 올 때마다 늘 약간의 먹을거리도 함께 가지고 왔다. 뿌리 열매와 노란 과일이었다.

빤냐는 며칠에 한 번씩 뿌리 열매만 집어먹는 정도였기 때문에, 앞에 놓아둔 노란 과일은 늘 그대로였다. 그러면 어린 원숭이들은 남아 있는 노란 과일을 신이 나서 먹어 치우곤 했다. 며칠 숙성된 과일에서는 더 그윽한 향이 났다. 그들이 과일을 베어 물을 때면 진한 단내가 코를 파고들었다.

간단히 배를 채운 어린 원숭이들은 자기들끼리 놀면서 시간을 보냈다. 끽끽거리며 몸싸움을 하거나 바닷가를 뛰어다니는 식이었다. 흰 털이 박힌 애꾸 원숭이는 그들과 어울리는 대신 혼자 빤냐 근처에 와 말없이 앉아 있고는 했다. 어쨌거나 그들은 예전처럼 빤냐에게 장난을 치는 짓을 더 이상 하지 않았다.

묵언을 택한 빤냐는 여전히 아무런 반응을 보이지 않았다. 이따금 눈을 떠서 알은체를 할 뿐, 말도 움직임도 없었다. 옆에 다른 이가 있든 없든 똑같이 고요하게 앉아 있었다. 그런 빤냐에게 어린 원숭이들도 익숙해진 것 같았다. 그들도 역시 빤냐가 반응을 보이건 말건 상관하지 않고 자기들끼리 시간을 보내다가 해가 질 무렵이면 어디론가 사라졌다. 그저 빤냐 근처에서 노는 것만으로도 즐거운 듯했다.

이런 식으로 함께하는 시간이 쌓여갈수록, 빤냐는 그들과의 관계가 특별하게 느껴지기 시작했다. 아주 오래전부터 다른 원숭이들이 자신을 싫어하지 않을까 막연한 두려움을 품어온 빤냐였다. 여기 바닷가에 도착한 뒤로는 그 두려움 속으로 더 깊이 파고들기 위해 아예 묵언을 택했다. 다른 이들과 관계를 맺지 않겠다고, 미움을 받는다면 기꺼이 감수하겠노라고 결심한 묵언이었다.

그런데 어떤 말이나 노력을 하지 않았는데도 그들은 빤냐를 싫어하지 않았다. 심지어 먼저 찾아와 편안히 머물고 놀기까지 했다. 그러는 동안 빤냐가 한 일은 오직 하나였다. 그저 고요히 머무는 것뿐.

빤냐는 다시금 깨달았다.

'미움이라는 두려움, 그 한가운데로 들어가니 오히려 미움받을 일이 일어나지 않는구나.'

이러한 깨달음을 준 그들에게 문득 고맙다는 표현을 하고 싶은 마음이 일었다. 잘 보이고 싶어서도 아니었고, 무언가를 얻기 위해서도 아니었다. 그저 고맙다는 말을 하고 싶었다. 고마운 이에게 그 마음을 표현할 수 있는 것 자체가 이미 충분한 보상이었다.

'묵언을 그만둘 때인가.'

바깥세상과의 관계를 끊고자 묵언을 택했으나, 세상은 말을 하지 않고도 빤냐에게 미소를 건네왔다. 그 미소에 응답하는 것이 마땅한 길이라는 느낌이 들었다.

며칠 후, 어린 원숭이들이 다시 찾아왔다. 남아 있는 노란 과일을 먹으며 주위에 둘러앉아 끽끽댈 때 빤냐가 입을 열었다.

"고맙구나."

다들 깜짝 놀랐다. 먹던 것을 떨어뜨린 녀석도 있었다. 빤냐는 다시 고요함으로 돌아갔다. 그저 그윽한 눈길로 그들을 바라볼 뿐. 빤냐가 말을 한 게 마치 돌이 소리를 낸 것처럼 신기했던지, 그들은 연신 빤냐의 얼굴을 들여다보았다.

다음 날은 늙은 원숭이가 함께 왔다.

늘 그래왔듯 자연스럽게 옆에 앉더니 물끄러미 빤냐를 바라보았다. 뭔가 기다리는 듯한 표정이었다. 아마 어린 원숭이들에게 이야기를 들은 모양이었다. 빤냐는 나지막이 입을 열었다.

"고맙습니다."

늙은 원숭이는 놀라지 않았다. 대신 따뜻한 미소가 입가에 피어났다.

"말을 하는구려."

빤냐는 고개를 끄덕였다. 오랫동안 묵언을 하고 지내온 까닭에, 그저 한두 마디의 말에도 묵직하게 힘이 실렸다.

늙은 원숭이는 잠시 바다를 응시하며 생각에 잠겼다.

그러고는 천천히 이야기를 시작했다. 드문드문, 그의 호흡대로 이어지는 이야기는 빤냐의 대답을 기대하는 게 아니라 혼자 털어놓는 넋두리 같았다.

"그쪽이 어떤 연유로 여기 이 바닷가에 와서 혼자 그러고 있는지는 모르겠소만, 언젠가 한 번쯤은 고맙다 이야기하고 싶었소. 혹시나 그대가 듣지 못할까 싶어 여태껏 나도 말을 안 했지. 다행히 말할 줄 알고, 들을 줄 아니 입을 여는 거라오.

우리 아이들이 여기 오는 것을 퍽 좋아하는 것 같구려. 그쪽 곁에 있으면 왠지 편안해지는 모양이오. 딱히 뭘 해주는 것도 아닌데 신기한 일이지. 하기는 나도 여기 와서 이렇게 앉으면 저절로 어깨에 힘이 빠지고 숨이 깊게 쉬어지더군. 이유는 잘 모르겠지만."

잠시 고요가 흘렀다.

"우리는 원래 푸른 숲에 살았다오. 여기서 얼마나 걸리려나. 서쪽을 향해 밤낮으로 꽤 오래 계속 달려가야 겨우 닿는 곳이지. 거기는 먹을 것도 많고 계곡도 있고, 아무튼 훨씬 풍요로운 곳이었소. 그곳에 살 때는 우리 푸른 원숭이의 숫자가 꽤 많았지.

그런데 어느 날, 붉은 털 원숭이들이 공격을 해왔다오.

달이 없는 캄캄한 밤, 끔찍한 새벽이었지. 갑작스럽게 쳐들어와서는 우리를 죽이기 시작했소. 애초에 목숨을 끊어버릴 작정으로 온 게지. 다들 자고 있던 새벽에 무슨 정신이 있었겠소. 맞서려 했지만 역부족이었지.

모두 죽거나 끌려가고, 다친 이들도 도망치다가 붙잡혀 죽고… 몸이 성한 이가 몇 되지 않았소. 결국 이래저래 다 죽어 나가고 아주 어린 것들만 한 줌 살아남았지. 몸을 숨겨가며 멀리멀리 계속 도망쳤소. 동쪽을 향하면서 말이오. 그러다 보니 여기더군. 다행히 붉은 원숭이들도 여기까지 쫓아오지는 않는 듯싶고.

우리 아이들이 그쪽을 처음 보았을 때 혹시 붉은 원숭이인가 싶어 무서워했다오. 우리네처럼 푸른 털은 분명 아니니."

늙은 원숭이가 잠시 빤냐를 쳐다보고는 다시 바다 쪽으로 시선을 돌렸다.

"원래 살던 곳으로 돌아가고 싶지만 언제 다시 저들을 마주칠지 모르니 나도 무섭다오. 여기가 썩 살기 좋은 곳은 아니지만, 당장은 달리 길이 없으니 이렇게 지내고 있는 게요. 다만 언제까지 버틸 수 있을지…. 보다시피 나는 이렇게 늙었고 다들 어린 것들뿐이라 내가 병들면 저 녀석들이 어찌 살지 그게 걱정이라오. 나머지는 그렇다 쳐도, 특히 눈이 성치 않은 제일 작은 녀석은….

아무튼 그쪽에게 고맙구려. 한창 어릴 적에 차마 눈 뜨고 보지 못할 끔찍한 일을 겪은 녀석들이라 잘 놀지도 않는데, 여기만 오면 편안해하는 것 같으니 그쪽 덕이 아니겠소."

나만 편해져도 괜찮은 건가

며칠 동안 빤냐의 머릿속에는 거친 파도처럼 생각이
밀려와 철썩거렸다. 고행을 시작한 뒤로 오랫동안 그림
자 목소리가 찾아오지 않았던 머릿속이었다. 흰 털이 박
힌 애꾸 원숭이를 보고 눈치채고는 있었지만 늙은 원숭이
로부터 직접 들으니 명확해졌다. 저들은 붉은 원숭이들의
끔찍한 공격 이후 겨우 살아남은 푸른 원숭이들이었다.

'나 때문이다. 저들은 나 때문에 거처도 잃고, 동족도
잃었다.'

자책감이랄까, 고통스러운 마음이 끊임없이 올라왔다.
이대로 모르는 체하고 있어도 되는지, 심지어 그들이 가

져다주는 것을 얻어먹으면서. 빤냐는 혼란스러웠다.

'한창 어릴 적에 차마 눈 뜨고 보지 못할 끔찍한 일을 겪은 녀석들이라….'

늙은 원숭이의 말이 그 새벽에 겪었던 피비린내 나는 절규와 겹쳐 귓가를 맴돌았다. 그가 남긴 고맙다는 인사가 빤냐를 더욱 괴롭혔다.

고행이 어느 정도 몸에 익은 뒤부터, 빤냐는 조금씩 마음이 편해지고 있다고 느꼈다. 몸은 비록 힘들었으나 그럭저럭 견딜 만했고, 정신의 명료함과 마음의 고요함은 시간이 갈수록 단단해졌기에 빤냐는 그 느낌이 마르가를 찾아가는 표지라고 여겼다.

하지만 늙은 원숭이가 다녀간 후로 그 편안함이 송두리째 무너졌다. 높이 오를수록 떨어질 때 더 많이 다치듯, 의식이 한층 섬세해진 만큼 작은 계기에도 그 흔들림은 예전과 비교할 수 없이 심했다.

'내가 이러고만 있어도 되는가.'

이 고민은 예전에 먹을거리를 구하지 못할까 봐, 혹은 누군가가 자신을 미워할까 전전긍긍하던 마음과는 달랐다. 오히려 붉은 원숭이들의 원로가 언젠가 툭 던져놓은 화두인 '삶의 의미'와 닮아 있었다. 자신으로 인해 괴로움을 당한 이들이 저기 있는데, 혼자서만 계속 편안함을 갈고 닦는 것이 과연 무슨 의미가 있는가. 되풀이해서 자문하는 빤냐였다.

'이것이 정말 맞는 방향인가.'

머릿속이 복잡해지자 슬그머니 그림자 목소리가 다시 찾아왔다.

그것 봐. 소용없잖아. 애써 고행해봤자 세월을 낭비한 거야.

하지만 지금 빤냐는 어떤 까닭에선지 자신이 조금 달라졌음을 느꼈다. 즉시 반박하고 싶은 충동이 많이 사그라들었다. 대신에 그저 그림자 목소리가 떠들어대는 말을 듣고 있었는데, 그 일이 예전만큼 괴롭지 않았다. 고행을 하며 몸의 감각을 탐구해온 시간이 인내하는 힘을 길러준 듯했다. 아직 그림자 목소리가 찾아오지 못하게 막을 수는 없었다. 그래도 이제는 휩쓸리지 않고 중심을 지켜낼 수 있었다.

빤냐는 회색 숲을 떠난 뒤 겪었던 일을 되짚어보았다.

먼저 초원의 폭우 속에서 뱀을 구해준 일을 떠올렸다. 빤냐는 단 한 번도 그 일을 후회한 적이 없었다. 언제 돌이켜 생각해보아도 잘한 일이라고 여겨졌다.

'왜 그렇게 느꼈던가.'

그동안은 자신이 두려움을 극복했기 때문에 뿌듯함을 느끼는 것이라 생각했다. 하지만 지금, 보다 명료한 정신과 고요한 마음으로 비추어보니 단지 순간의 두려움을 이겨냈거나 뱀이라는 뿌리 깊은 저항을 벗어났기 때문만이 아니었다.

'그를 살려주었기 때문이야.'

더 성장한 지혜의 눈으로 보았을 때 기쁨의 원천은 '나'를 이겼다는 것이 아니라, '누군가'에게 도움이 되었다는 사실에 있었다.

붉은 숲에서의 일도 떠올렸다. 처음 전사가 됐을 때는 먹을거리가 넉넉하고 동료들이 있다는 사실이 만족스러웠다. 부대장이 된 다음에도 잠자리와 먹을거리, 지위와 권한, 모든 면에서 부족함이 없었다. 평생을 시달려온 막연한 두려움에서 벗어나 즐거운 거라고 그때는 믿었었다.

'생각이 짧았구나.'

전사와 부대장의 일이 단지 그 이유만으로 힘들더라도 재미가 있고, 더 잘하고 싶은 마음이 드는 것은 아니었다. 진짜 이유는 따로 있었다. 원로의 눈에도 두드러질 만큼 열정적으로 임무를 수행할 수 있었던 이유. 그것은 빠냐의 일이 다른 이들에게 주는 도움을 매 순간 확인할 수 있었기 때문이었다. 가르치면 가르친 만큼, 애를 쓰면 애를 쓴 만큼 전사들은 더 강해졌다. 그들이 나아지는 모습을 보면서 저절로 힘이 났다.

'누군가에게 도움이 된다는 것.

내가 다른 누군가에게 의미가 된다는 것.

그것이 나의 삶을 의미 있게 만드는 길이었구나.'

이치를 깨달은 순간, 빤냐는 바닷가에서의 고행이 무엇을 빠뜨리고 있는지 분명히 알게 됐다.

어느 날 밤, 깊은 잠에 빠진 빤냐는 꿈을 꾸었다.

동굴 속을 걸어가고 있었다. 물이 조금씩 차올라 다급한 상황이었다. 빤냐는 물을 피하려고 굴속 더 깊이 들어가는 편을 택했다. 다행히 굴 안쪽 저 멀리에 빛이 보였다. 위로부터 새어 들어오는 빛이었다. 출구가 있는 것 같았다. 물은 점점 더 차올랐고, 빤냐는 바깥으로 나가기 위해 굴 안쪽으로 더 빨리 뛰었다. 마침내 빛이 들어오는 곳에 다다랐다. 고개를 들어 천정을 바라보았다. 그제서야 알수 있었다. 길은 없었다. 천정은 막혀 있었다. 출구처럼 빛났던 그것은 단지 동굴 안에서만 반짝이는 돌에 불과했다.

"여기는 길이 없어!"

그 외침과 함께 빤냐는 잠에서 깨어났다. 밤바다, 나무 아래였다. 저 멀리 바다를 향해 길게 뻗은 곶 위로 새하얀 달빛이 쏟아지고 있었다.

마음이 한없이 평화로웠던 순간

꿈이 말하고자 하는 바는 분명했다. 지금 하는 방식으로는 더 이상 답이 없다는 신호였다. 움직임이 거의 없었던 빤냐는 오랜 고행으로 인해 돌처럼 굳어가고 있었다. 대단한 의지였고, 다른 어느 누구도 흉내 내지 못할 만큼 혹독했다. 덕분에 인내심은 말할 것도 없고, 명료한 정신과 고요한 마음을 적잖이 단련할 수 있었다.

'그런데 이게 나 아닌 다른 누구에게 의미를 줄 수 있는가.'

이 질문에 빤냐는 쉽사리 답을 할 수 없었다. 전쟁 중 어린 원숭이들이 겪은 참상을 떠올리면 더욱 그러했다.

참담한 생각까지 고개를 들었다. 원하는 것을 점점 더 적게 갖겠다는 결심으로 달려온 곳이 결국 움직임 없는 돌과 다를 바 없는 모습이라면, 죽을힘을 다해서 고행해봤자 돌보다 못하다는 것 아닌가. 차라리 죽는 편이 낫지 뭐하러 돌만도 못한 삶을 꾸역꾸역 끌고 가고 있는가.

비참한 결론이었다. 이런 식으로 결론이 난다는 것은 처음부터 방향이 잘못 정해졌다는 뜻이었다. 어둠의 숲에서 만났던 그가 말했다.

'죽음을 모르면 삶을 모르지. 삶을 모르는데 어떻게 제대로 살 수 있겠나.'

빤냐는 제대로 살기 위해 마르가의 신호를 따라 여기까지 달려왔다. 제대로 살기 위해 몸부림친 시간의 끝이 죽느니만 못한 삶일 리 없었다. 마르가는 죽음이 아니라 삶의 몫이어야 했다.

그때 그림자 목소리가 고개를 내밀었다.

이제 알았어? 고행을 한다더니 기껏 깨달은 것이 '이 길이 아니구나'라는 거야? 그러면 이제는 무얼 할 거야? 할 수 있는 게 없잖아.

비웃음과 걱정을 번갈아 쏟아놓았다. 빤냐는 반박하지 않고 그 목소리를 가만히 듣고만 있었다. 한참이 지나자 그림자 목소리가 더는 할 말이 없는 듯 잦아들었다. 그제 서야 빤냐가 고요한 음성으로 답했다.

"그래. 네 말이 맞구나."

그러자 그림자 목소리는 입을 다물었다.

이제 고행을 끝내야 한다는 사실이 명확해졌다.

'결국 이 길도 아니었던가.'

막연한 두려움들이 어느 정도 자취를 감추었다 해도 의미가 없는 삶은 빤냐가 찾는 답과는 거리가 멀었다. 이 방식으로는 두려움이 없는 경지에 제대로 이를 수 없었다. 빤냐는 이번에도 마르가를 찾지 못했음을 알았다.

'더 할 것도, 더 갈 곳도 없는데.'

빤냐는 자신을 내려다보았다. 정말 오랜만에 살펴보는 자신의 몸이었다. 달빛이 드리워진 몸은 뼈만 남아 앙상했다. 아버지처럼 떡 벌어졌던 어깨와 굵은 팔다리는 사라진 지 오래였다. 서글픔이 올라왔다.

'이런 몸으로 무엇을 할 수 있을까.'

고통받은 푸른 원숭이들에게 어떤 식으로든 빚을 갚고 싶은 마음은 있었다. 하지만 그 전에 마르가를, 지금까지 삶을 통째로 걸고 쫓아온 그것을 정말로 찾고 싶은 마음이 더 강렬했다. 안타깝게도 지금 빤냐에게는 도무지 그 길이 보이지 않았다.

'다른 어떤 것보다도 확실한 표지는 마음의 평화라네.'

어둠의 숲에서 만났던 그는 분명히 그렇게 말했다. 마르가를 찾으면 마음이 한없이 편안해질 거라고. 오랫동안 가슴을 짓누르던 돌을 내려놓은 것처럼. 그런데 아직 빤냐의 가슴 위에는 무거운 돌들이 묵직하게 쌓여 있었다.

회색 숲에서는 막연한 두려움 때문에 마음이 괴로웠다. 붉은 숲에서는 누군가를 해쳐야 했기에 마음이 괴로웠다. 바닷가에서는 의미를 찾을 수 없어 마음이 괴로웠다. 끊임없이 마르가의 신호를 따라 달려온 것은 맞았다. 하지만 마르가에 가까워졌다고 생각할 즈음, 희망은 여지없이 산산이 부서졌다. 그런 패턴이 반복되는 사이 가슴 위에는 또 다른 돌들만 켜켜이 얹히고 있었다.

'마음이 한없이 평화로웠던 때가, 어디 한순간이라도 있었던가.'

빤냐는 밤이 깊도록 생각에 잠겨 있었다. 고행을 끝내기로 했지만 먹고 싶은 것도, 하고 싶은 말도 없었다. 어디로 가야 할지, 무엇을 해야 할지 몰랐다. 다시금 모든 것이 원점으로 돌아와버렸다.

'더 할 것이 있나. 더 갈 곳이 있나.'

열매가 모두 떨어지고 앙상해진 나무처럼 빤냐는 기력을 잃고 멍하니 밤바다를 보았다.

얼마나 시간이 지났을까.

새카만 바다 끄트머리에서 손톱만 한 붉은 기운이 일렁이기 시작했다. 동이 트고 있었다. 빤냐는 고행을 결심한 후로 마음 놓고 일출을 감상한 적이 없었다는 사실을 문득 떠올렸다. 원하는 것을 점점 더 적게 갖는 것이 고행이니까. 일출의 아름다움 역시 애써 멀리해온 빤냐였다.

'해나 볼까.'

다른 생각은 내려놓았다. 그저 태양의 일렁임에 몸을 맡겼다. 유달리 구름 한 점 없이 맑은 하늘은 차가운 호수처럼 끝없이 투명했다. 손톱만 했던 붉은색이 금세 커지더니 황금색으로 바뀌어가기 시작했다. 눈부신 빛이 온 바다를 덮고도 넘쳐흘러 빤냐의 온몸을 감쌌다. 쇠약해진 빤냐는 그 빛을 견디지 못하고 눈을 질끈 감았다. 한 손을 들어 눈앞을 가렸다. 그리고 손가락 사이로 실눈을 뜨고 태양을 보려고 했다.

그때, 손가락 끝이 가리키는 지점에 곶이 있었다. 바다를 향해 언덕처럼 뻗어 올라간 곶.

'저기가 동쪽의 끝이었지.'

빤냐는 아직 갈 곳이 남아 있다는 사실을 깨달았다. 동쪽의 끝. 곳. 그리고 갈 수 있는 곳이 있다면, 아직 할 수 있는 것도 남아 있으리라는 직감이 고개를 들었다.

다시 의욕이 솟았다. 무엇을 할 수 있을지는 모르지만, 일단 저 곳에 올라가보면 알게 될 것 같았다.

'무엇을 해야 할지 혹은 어떻게 해야 할지는 고민하지 말게. 결심과 기억이 자네를 이끌 테니까.'

빤냐는 아직 마르가를 포기하지 않았다. 어둠의 숲에서 들었던 그의 조언은 아직 유효했다. 우선 기력부터 찾아야 했다. 이런 몸 상태로는 새로운 시도를 할 수 없었다. 어린 시절, 아버지가 입버릇처럼 해주던 말이 생각났다.

'몸과 마음이 모두 강해야 정말로 강한 거란다.'

발치에 놓여 있는 먹을거리가 눈에 들어왔다. 푸른 원숭이들이 두고 간 것이었다. 빤냐는 늘 먹던 뿌리 열매 대신 덩그러니 놓여 있는 노란 과일을 응시했다. 노란색이 한껏 진해져 불그스레한 황금빛으로 변해 있었다.

슬며시 손을 대보았다. 표면이 매끈하고 탄력이 있었다. 가볍게 집어들었다. 말랑했다. 손가락이 닿은 자리가 살짝 들어갔다. 코끝으로 가져가 냄새를 맡았다. 신선한

풀 내음과 진한 꽃향기가 배어 있었다. 천천히 입을 벌려 크게 베어 물었다. 빤냐의 이가 껍질을 뚫고 부드러운 속살에 닿았다. 꿀처럼 흐르는 노란 과즙이 입가를 따라 주르륵 흘러내렸다.

"아…" 하고 빤냐는 눈을 감았다.

하얀빛을 입 안에 머금은 듯했다. 맛있다는 말조차 부족했다. 맛의 차원을 넘는 아름다움이 거기 있었다. 태어나서 처음으로 경험하는 천상의 맛이었다.

순간, 하얀빛이 폭발하더니 빤냐의 머릿속을 강타했다. 답이 떠올랐다.

'마음이 한없이 평화로웠던 순간!'

그것은 아주 어린 시절의 일이었다. 빤냐는 서쪽 능선에 올라 해가 지는 모습을 바라보는 것을 정말 좋아했다. 그 순간만큼은 아무 걱정이 없었고, 생각은 완전히 멈췄다. 진정으로 편히 쉴 수 있는 시간. 빤냐가 경험했던 천상의 순간이었다.

'매일 훈련이 끝나면 서쪽 능선을 오르곤 했지.'

빤냐는 오랫동안 잊고 있던 그 순간이 생각났다. 그리고 이어서, 어느 날인가 서쪽 능선에서 울리던 종을 닮은 목소리까지 생생하게 기억났다.

다만 두려워하지 마라.

고개를 들어 곶을 바라보았다. 떠오르는 태양이 곶의 끄트머리에 걸린 채 빛을 뿜어내고 있었다. 마치 여기가 빤냐의 자리라고 일러주기라도 하듯이.

큼지막한 과일 하나를 천천히 다 먹고 나자 빤냐의 몸에 서서히 생기가 돌았다. 가까운 냇가로 천천히 발을 움직였다. 느리지만 세심하게 몸을 씻어냈다. 덕지덕지 붙어 있던 푸른 이끼가 차례차례 떨어져 나갔다. 메마른 살갗이 새로운 의지로 촉촉해졌다. 물기에 젖은 회색 털은 아침 햇살을 머금어 은빛으로 반짝였다. 그러나 그 털보다 빛난 것은 두 눈이 뿜어내는 안광이었다.

지금은 잠시 모습을 감추었지만, 내면 어딘가에 숨어 있는 그림자 목소리를 향해 빤냐는 나지막이 읊조렸다.

"아직 해볼 것이 남아 있어. 마르가를 찾을 거야."

빤냐는 한 발 한 발, 천천히 걸음을 옮겼다. 오랜 시간 앉아 있었던 나무 그늘을 지나 곶이 있는 쪽으로 향했다. 흰 털이 박힌 애꾸 원숭이는 아침 일찍 혼자서 빤냐를 찾아왔다가 그 모습을 마주했다. 동쪽 끝 곶을 향해 올라가고 있는 빤냐를 멀리서 말없이 지켜보았다.

세상의 끝에 앉은 빤냐

언덕처럼 바다를 향해 길게 뻗은 곳은 절벽이 되어 수직으로 끊어졌다. 벼랑 위 그 자리가 동쪽의 끝, 걸어서 갈 수 있는 세상의 마지막이었다.

빤냐가 그곳에 이르렀다. 아주 오래전부터 거기에 자리했을 큼지막한 나무 그루터기가 마치 걸터앉으라는 듯이 기다리고 있었다. 등 뒤로는 천상의 맛이 나는 노란 과일 나무 한 그루가 서 있고, 눈앞에는 끝없는 바다가 펼쳐졌다. 이제는 단 한 걸음도 더 나아갈 공간이 남아 있지 않았다.

빤냐는 선언하듯이 읊조렸다.

"마르가를 찾기 전에는 이곳에서 떠나지 않으리라."

자신에게, 그림자 목소리에게, 그리고 온 세상에 하는 약속이었다. 거대한 산을 내려놓듯 묵직하게 자리를 잡고 앉았다. 햇살의 온기를 머금은 나무의 따스함이 환영하듯 빤냐를 맞이했다.

'저는 어릴 적부터 두려움이 많았어요. 이유 없는 막연한 두려움이요… 두려움을 넘어서고 싶어졌어요.'

어둠의 숲. 오래전 빤냐가 처음으로 자신의 결심을 털어놓았던 순간이 떠올랐다. 그 결심이 긴 시간 빤냐의 삶을 이끌어왔다. 두려움이 없는 경지에 이르기 위해, 마음의 평화를 얻기 위해 최선을 다했다.

'자네가 진실로 결심하고 기억한다면 마르가는 계속 자네에게 길을 알려줄 거야.'

어둠의 숲에서 만난 그의 말처럼 맞닥뜨려야 할 일은 끊임없이 일어났다. 잠시 주저한 순간은 있어도 빤냐는 끝내 피하지 않았다. 그러나 여전히 답을 찾지 못했다. 두려움이 없는 경지에 이 이상 어떻게 다가가야 할지, 아직도 길은 보이지 않았다.

깊은 생각에 잠겼다. 스스로 할 수 있는 모든 것을 해보았지만 아무 소용이 없었다. 빤냐만큼 노력할 수 있는 원숭이도 아마 없었을 것이다. 빤냐는 문득 이런 생각이 들었다. 이 정도까지 애를 써도 닿을 수 없다면 혹시 애초에 자신의 힘으로는 할 수 없는 일이 아닐까. 그럴 법한 생각이었다. 그래서 한번 애쓰는 것을 멈춰보기로 했다.

'인정하자. 완전히 받아들이자. 지금의 나로는 더 할 수 있는 일이 없다는 걸.'

마르가를 찾으면 마음의 평화를 얻는다고 했다. 빤냐는 아주 짧은 순간이나마 그 평화를 경험한 적이 있었다. 서쪽 능선에서였다. 무엇을 하거나 애써서 얻은 것이 아닌, 그저 편히 쉬어서 닿은 평화였다.

'어차피 마음의 평화를 얻기 위한 거라면, 그냥 지금 편히 쉬어보자. 할 수 있는 한 편안히. 온 세상이 다 무너진다고 해도 눈 하나 깜짝하지 않고.'

빤냐는 자신을 내려놓았다. 무언가를 하려는 의도도, 어떻게 하려는 계획도 모두 멈추었다. 단지 마르가를 찾겠다는 결심만을 기억하면서 그저 쉬기로 했다. 서쪽 능선에서 그랬던 것처럼. 그리고 앞으로 일어날 모든 일에 자신을 내맡겼다. 그런 다음 소리 내어 중얼거렸다. 그림자 목소리에게 건네는 말이었다.

"마르가를 찾고 싶어. 너도 나를 도와줘."

몸은 서쪽 능선에서의 자세를 기억하고 있었다. 팔다리를 늘어뜨리고 온몸의 힘을 뺐다. 가장 안정되면서도 가장 편하게. 그저 쉬고, 쉬고, 또 쉬었다. 두근거리던 심장이 점점 잦아들었다. 호흡이 조금씩 가늘어졌다. 차츰 들숨 속에 날숨이 얹히고, 날숨 속에 들숨이 스며들었다. 몸이 느껴지지 않았다. 숨 위에 얹은 되뇌임만이 소리 없이 이어졌다.

"사-띠, 사-띠."

문득 바다가 일렁이기 시작했다. 심연의 푸른빛이 황금빛 태양과 뒤섞이며 아지랑이처럼 피어올랐다. 하늘과 바다, 그리고 그 너머의 모든 것이 빛의 무늬로 반짝였다. 고요한 숨이 그 아름다움 속으로 녹아들더니 서서히 하나가 되었다. 어느 순간 숨조차 느껴지지 않았다. 그러고는 완전히 사라졌다. 설명할 수 없는 아름다운 호흡. 빤냐는 그 아름다움을 바라보았다. 숨을 들이쉬려 의도하면 그것이 부풀었고, 내쉬려 의도하면 그것이 작아졌다.

"사-띠, 사-띠."

이윽고 생각의 재잘거림이 멈추었다. 두려움도, 마르가

도, 원숭이라는 인식마저도 사라졌다. 아무것도 없는 텅 비어버린 상태, 무조건적인 없음. 더없이 편안했다.

이대로 죽어도 좋지 싶었다. 그냥 살아도 좋지 싶었다. 존재하는 듯 존재하지 않는 듯. 있는 듯 없는 듯한 나.

'사라져도 괜찮다.'

죽음을 각오해서 생겨난 감정도, 두려움을 꾹 눌러 이겨낸 끝에 도달한 상태도 아니었다. 아무것도 없이 텅 비어버린 감각은, 순간적으로 '나'라고 할 만한 것조차 없다는 느낌으로 이어졌다. 내가 없으므로 애초에 두려움을 품을 주체 또한 있을 리 없었다. 그것은 모든 것이 사라진 자리에서 나오는 고요하고도 절대적인 느낌이었다.

다른 무엇도 필요 없었다. 비록 일순간에 지나지 않을지라도, 바로 이 순간이면 충분했다. 어린 시절, 서쪽 능선에 올라 지는 해를 바라보던 빤냐가 지금 여기 있었다. 완벽하게 커다란 원을 그린 끝에 다시 정확히 같은 자리에, 그러나 한 차원 더 높은 곳에 도달했다. 그 순간 빤냐는 알았다. 다시 그 서쪽 능선, 종을 닮은 목소리와 연결되었다는 사실을. 그리고 이제는 명료한 정신과 고요한 마음의 힘으로 그 목소리에게 말을 건넬 수 있다는 사실도.

빤냐는 종을 닮은 목소리에게 길을 묻기로 했다.

종을 닮은 목소리

"바다여."

빤냐는 종을 닮은 목소리가 누구의 것인지 몰랐기에 우선 눈앞에 펼쳐진 바다에게 말을 걸었다.

그러자 갑자기 바다에 파도가 일기 시작했다. 점점 높아진 파도는 해안을 집어삼킬 듯 거칠게 변했다. 아득한 저 멀리에서 거대한 파도가 산처럼 밀려오고 있었다. 빤냐가 앉아 있는 곳 정도는 단박에 무너뜨릴 만큼 엄청난 높이의 파도였다. 가만 앉아 있다가는 순식간에 쓸려갈 터였다. 하지만 빤냐는 동요하지 않았다. 미동도 없이 되뇌기 시작했다.

"사-띠. 사-띠."

잠시 후, 파도의 굉음이 거짓말처럼 사라졌다. 산처럼 거대한 파도는 온데간데없이 사라지고 바다는 언제 그랬냐는 듯 고요를 되찾았다. 그리고 들어본 적 있는 목소리가 울렸다. 종을 닮은 목소리였다.

왜 나를 부르지?

바다가 응답했다. 빤냐는 조금도 놀라지 않았다. 모든 것이 너무나 당연하게 느껴졌다. 오랫동안 대화를 나눠온 벗처럼 아무 걸림 없이 바다에게 물었다.

"도와줘. 마르가를 찾고 싶은데 방법을 모르겠어."

내가 무엇을 도와주기를 원하는데?

"두려움이 없는 경지에 이르고 싶어. 바다처럼 큰 존재라면 필시 두려움이 없을 거야. 어떻게 하면 두려움을 이길 수 있는지 알려줘."

질문이 너무 추상적이야. 좀 더 구체적으로 말해봐.

"이를테면 폭풍이 몰아칠 때 너는 어떻게 이겨내는 거지? 파도가 거세게 일어도 어떻게 두렵지 않을 수 있는지 알려주길 바라."

바다가 웃으며 말했다.

파도는 나의 일부야. 폭풍은 나를 더 강하게 만들어. 폭풍이 오면 나를 내맡길 뿐이야.

"나는 그렇지 못해. 두려움에 짓눌려버리곤 해. 내맡기는 법을 모르겠어."

폭풍을 막지 않는 거야. 그가 다가올 때 저항해서는 안 돼. 그저 받아들여야 한다고.

"어떻게 저항하지 않을 수 있어? 무섭지 않은 거야?"

아무리 폭풍이 불어도 나의 깊은 자리는 흔들림이 없다는 걸 아니까. 헤아릴 수 없는 파도가 거세게 일어도 그건 얕은 표면의 일일 뿐. 진정한 나는 항상 그대로야.

"나는 아예 파도가 일지 않았으면 좋겠어. 늘 잔잔할 수 있는 방법은 없는 거야?"

내 말을 이해하지 못하는구나. 그렇다면 나는 더 해줄 말이 없어. 정 궁금하다면 바람에게 물어봐. 폭풍이 되어 파도를 만드는 건 바람의 일이니까.

마지막 말과 함께 바다의 목소리가 사라졌다.

빤냐는 허공을 응시했다.

"바람이여."

명료한 정신과 고요한 마음의 힘으로 바람을 불렀다.

곳을 향해 해풍이 불어왔다. 바람은 점점 거세지더니 살갗을 찢어버릴 정도로 거칠어졌다. 빤냐를 들어 절벽 아래로 내동댕이칠 만큼 무시무시한 바람이었다. 그러나 빤냐는 머리를 숙이지도, 몸을 피하지도 않았다. 미동도 없이 되뇌기 시작했다.

"사-띠. 사-띠."

잠시 후, 그토록 사납던 바람이 거짓말처럼 멈췄다. 당장이라도 빤냐를 내동댕이칠 것 같던 바람은 어느새 따뜻한 숨결처럼 변해 그의 몸을 어루만졌다. 그리고 종을 닮은 목소리가 다시 울렸다.

왜 나를 부르지?

바람의 응답이었다.

"도와줘. 마르가를 찾고 싶은데 방법을 모르겠어."

내가 무엇을 도와주기를 원하는데?

"두려움이 없는 경지에 이르고 싶어. 너는 저 광대한 바다를 순식간에 거센 파도로 뒤덮을 수 있지. 그 정도로 강한 힘을 가진 바람이라면 필시 두려움이 없을 거야. 어떻게 하면 너처럼 한결같은 강함을 가질 수 있는지 알려주길 바라."

바람이 웃으며 말했다.

내가 한결같다고? 나는 불확실성 그 자체야. 매순간 내가 어떻게 변할지는 나조차도 예측할 수 없는걸.

"예측할 수 없으면 두렵지 않아? 나는 늘 먹을거리가 떨어지진 않을까, 누가 갑자기 나를 미워하진 않을까, 무슨 일이 또 벌어지지는 않을까 걱정했어. 상황이 어떻게 변할지 몰라서 항상 두려웠다고."

모든 것은 변해. 불확실성은 자연의 섭리야. 통제하려는 생각이야말로 엄청난 착각이지. 돌이켜봐. 네가 생각한 대로 삶이 흘러간 적이 있긴 하니?

"아닌 것 같아. 어둠의 숲에서의 배움도, 초원에서의 폭우도, 붉은 숲에서의 임무도, 바닷가에서의 만남도. 내 삶을 바꾼 중요한 일은 계획에 없었는데 뜻밖에 일어났어."

바로 그거야. 강한 힘을 가지고 싶다고 했지? 불확실성 속에 머무는 능력이 곧 힘이야.

"하지만 그 말은 위로가 안 돼. 나는 불확실성 속에 살아봤어. 피하지 않고 직면해왔다고. 하지만 아무리 맞서도 두려움이 없는 경지에는 이르지 못했어."

너는 내 말을 이해하지 못하는구나. 그렇다면 내가 더 도와줄 수 있는 것이 없어.

"바람, 너를 불확실하게 만드는 존재는 누구야?"

태양이지. 나는 태양의 뜨거운 열에 기대어 일어났다 사라지니까. 그에게 한번 가봐.

마지막 대답과 함께 바람의 목소리가 사라졌다.

빤냐는 태양을 응시했다.

"태양이여."

명료한 정신과 고요한 마음의 힘으로 태양을 불렀다. 이윽고 태양이 점점 강하게 빛을 내뿜기 시작했다. 날카로운 빛의 칼날이 빤냐를 덮쳐왔다. 모든 것을 새하얗게 불태워버릴 듯한 아찔한 빛에, 꼭 감아버린 눈도 멀어버릴 지경이었다. 하지만 빤냐는 고개를 돌리지도, 손을 들어 태양을 가리지도 않았다. 미동도 없이 되뇌기 시작했다.

"사-띠. 사-띠."

잠시 후, 미친 듯이 내리쬐던 햇빛이 거짓말처럼 사그라들었다. 아찔할 정도로 강렬했던 빛은 언제 그랬냐는 듯 만물을 비추는 평소의 온화한 모습으로 돌아왔다. 그리고 종을 닮은 목소리가 다시 울렸다.

왜 나를 부르지?

태양의 응답이었다.

"도와줘. 마르가를 찾고 싶은데 방법을 모르겠어."

내가 무엇을 도와주기를 원하는데?

"두려움이 없는 경지에 이르고 싶어. 드넓은 바다는 거센 바람을, 거센 바람은 너를 더 강한 존재라고 말했어. 그러니까 너라면 분명, 다른 어떤 존재와도 비교할 수 없는 강한 힘을 가졌을 거야."

태양이 웃으며 말했다.

힘이 세기는 하지. 바다와 바람뿐만이 아니야. 네가 숲에서 마주한 모든 것들은 결국 나의 힘에 의지하고 있으니까. 강물, 나무, 바위, 과일…. 그리고 너 역시도.

"그런 너라면 필시 두려움이 없을 거야. 어떻게 하면 두려움을 이길 수 있는지 알려줘."

아니. 나에게도 두려움은 있어.

"너처럼 강한 존재가 두려워하는 것이 있다고?"

언젠가 빛이 사라지고 어둠 속에 남아야 한다는 사실이 두려워. 밤이 되어 내가 사라진 세상을 너도 알 거야. 먼 훗날 어느 순간이 오면 영원히 그래야만 해. 나는 소멸해버리고 완전한 어둠이 되거든. 지금은 잠깐 달이 나의 자리를 대신하고 있지만 말이야.

"너에게도 나처럼 삶과 죽음이 있다는 이야기야?"

생겨난 모든 것은 소멸하기 마련이야. 너는 그것에 삶과 죽음이라는 이름을 붙인 거고. 거스를 수 없는 자연의 섭리니까 결국 받아들이는 수밖에 없어.

"몰랐어. 너처럼 강한 존재도 두려움이 있을 줄은."

꼭 나쁜 것만은 아니야. 소멸한다는 사실을 알기 때문에 더 찬란하게 빛나고 싶은 마음이 들거든. 영원히 존재할 수 있다면 굳이 오늘, 이 순간을 위해 빛을 뿜으려 애쓸 필요가 없잖아.

"자연의 섭리라는 것은 알아. 죽는다는 사실도 알아. 그래서 살아 있을 때 제대로 살고 싶은 거야. 두려움 따위에 끌려다니지 않고. 두려움은 곧 괴로움이니까. 나는 두려움이 없는 경지를 알고 싶어."

그렇다면 차라리 두려움에게 직접 물어보지 그래?

"뭐라고?"

네 두려움과 대화해보라고. 나는 더 해줄 말이 없어.

마지막 대답과 함께 태양의 목소리가 사라졌다.

너는 나를 이해하지 못하는구나

두려움과 대화를 나눈다는 생각을 여태껏 해본 적이 없었다. 하지만 명료한 정신과 고요한 마음의 힘을 빌리면 만날 수 있으리라는 생각이 들었다.

'두려움은 어디에 있는 거지?'

어느 곳을 응시해야 할지 알 수 없었다. 그래서 두려움이 피어오르기 시작하는 자리를 찾아 온몸을 구석구석 느껴보았다. 이윽고 심장이 두근거리는 곳 부근에 두려움의 발화점이 있음을 알았다.

빤냐는 눈을 감았다. 가슴 한복판 깊숙한 곳을 내면의 시선으로 주시했다. 그리고 명료한 정신과 고요한 마음의 힘으로 불렀다.

"두려움이여."

심장이 조금씩 빠르게 뛰었다. 빤냐는 두려움이 찾아오고 있음을 알았다. 그 자리를 놓치지 않고 다시 한번 불렀다.

"두려움이여."

심장 고동이 점점 빨라졌다. 가슴에서 시작된 두근거림은 목과 이마, 손끝을 거쳐 전신으로 퍼져나갔다. 두려움에 짓눌릴 때의 감각이 되살아나고 있었다. 하지만 빤냐는 차분하게 말을 건넸다.

"찾아와줘서 고마워. 하지만 지금은 나를 압도하면 안돼. 나는 대화가 하고 싶거든."

두근거리는 가슴은 내버려 둔 채, 집중력을 잃지 않고 되뇌었다.

"사-띠. 사-띠."

잠시 후, 요동치던 심장이 조금씩 잦아들었다. 여전히 평소보다 빠르게 뛰었지만, 서두르는 심장을 한 걸음 물러나서 볼 수 있는 아주 작은 틈이 생겼다. 빤냐는 그 틈을 응시하며 되뇌었다.

"사-띠. 사-띠."

틈이 점점 벌어졌다. 실금만큼 작았던 틈이 손가락 크기로, 이내 한 뼘만큼 넓어졌다. 틈이 커지자 그것을 주시하는 일이 더욱더 쉬워졌다. 마침내 그 틈은, 빤냐가 들어가 움직이고도 남을 만큼 큰 공간이 되었다. 심장은 여전히 빠르게 뛰고 있었지만 빤냐는 그것이 마치 남의 심장인 것처럼 침착하게 바라볼 수 있었다.

이제 빤냐는 두려움을 느끼면서도 더는 그것에 압도되지 않았다. 명료함과 고요함으로 두려움을 응시했다.

"사-띠. 사-띠."

왜 나를 부르지?

종을 닮은 목소리. 두려움의 응답이었다.

순간 떨림과 설렘이 빤냐를 사로잡았다. 오랜 세월 동안 괴로움의 원천이었던 두려움과 직접 대화한다는 떨림, 그리고 드디어 마지막 장에 도달하고 있다는 설렘이었다.

"도와줘. 마르가를 찾고 싶은데 방법을 모르겠어."

내가 무엇을 도와주기를 원하는데?

"두려움이 없는 경지에 이르고 싶어. 바다, 바람, 태양. 가장 강해 보이는 이들도 대답을 해주지 않았어. 그래서 너를 찾은 거야."

두려움이 웃었다. 하지만 아무 대답도 하지 않았다. 빤냐가 다시 물었다.

"두려움. 너는 왜 자꾸만 내 삶에 들어오려고 했어?"

여전히 웃으며 대답했다.

나를 전혀 이해하지 못하는구나. 내가 들어가는 게 아니야. 네가 만들어내는 거야.

"어느 쪽이든 상관없어. 내가 알고 싶은 건 어떻게 하면 네가 삶에 나타나지 않느냐는 거야."

나를 사라지게 만든 경험이 있니?

"물론이야. 피하지 않고 직면할 때 너를 사라지게 할 수 있다는 것을 알아. 폭우 속에서 뱀을 구할 때도, 붉은 숲에서 전장에 뛰어들 때도, 바닷가에서 혹독한 고행을 할 때도 그랬어."

그러면 됐잖아. 원하는 대로 말이야.

"그렇지 않아. 그때는 사라지지만 또 다른 상황이 오면 너가 다시 나타나. 그리고 정말로 두려울 때는 너를 마주해야 한다는 사실조차 잊어버리기 쉽거든. 내가 묻는 건 아예 두려움이 없는 경지야. 처음부터 두려움이 찾아오지 않는 방법을 알고 싶다고."

두려움이 다시 웃었다. 그리고 재미있다는 듯이 대답했다.

그것 봐. 너는 나를 전혀 이해하지 못하고 있어. 그러니까 나를 없애려하고, 피하려고만 하는 거야.

"너 때문에 괴로우니까 그렇지."

질문이 잘못됐어. 왜 나를 없애려고만 하지? 왜 나와 함께하려는 생각은 아예 하지 않는 거야? 그래서 네가 나를 이해하지 못했다고 말하는 거야. 바다, 바람, 태양이 나에 대해 뭐라고 했는지 떠올려봐. 내가 함께할 때 그들은 어떻게 했어?

"내맡기고 받아들인다고 했어. 그래야 더 강해진다고."

그렇게 말해줬는데도 아직도 못 알아들었어?

"그게 무슨 뜻이야? 내가 뭘 모르는데?"

그러자 두려움이 대답했다. 세상의 모든 지혜와 자비를 합친 것보다 더 지혜롭고 자비로운 목소리가 빤냐의 마음속에 울렸다. 지극히 아름다운 울림이었다.

두려움이 바로 힘이야. 두려움을 이겨내야 강한 것이 아니라, 두려움의 크기가 곧 강함의 크기야.

빤냐는 할 말을 잃고 멍해졌다. 두려움 자체가 힘이라니. 단 한 번도 그런 식으로 생각해본 적이 없었다.

목소리가 연이어 울렸다.

잘 들어봐. 원숭이 하나가 어떤 깊은 숲을 지나가려고 해. 그 숲에는 무서운 뱀이 많이 살고 있지. 원숭이는 뱀과 마주치지 않고 숲을 통과하고 싶지만 그건 불가능한 일이야. 숲은 끝없이 넓고 배고픈 뱀은 원숭이의 냄새를 잘 맡으니까. 지혜로운 원숭이라면 벌벌 떨며 걸음을 내딛는 대신 이렇게 하는 편을 택할 거야. 뱀을 기꺼이 만나는 거지. 그것도 가장 크고 무서운 뱀을. 그리고 부탁을 하겠지.

'뱀이여, 이 숲을 통과하는 동안 그대가 나를 지켜주게. 그러면 나는 숲을 지나는 내내 두 팔과 두 다리로 그대가 먹을 수 있는 것을 구해주겠네. 그렇게 하는 편이 지금 나를 잡아먹고 다른 원숭이가 또 나타날 때까지 막연하게 기다리는 것보다 그대에게도 나을 거야. 나는 이 숲을 무사히 지나갈 수 있고 그대는 더 오랫동안 배부를 수 있다네.'

가장 크고 무서운 뱀이 지켜주는 원숭이를 다른 어떤 뱀이 건드리겠어. 뱀과 함께하는 한, 원숭이는 그 뱀만큼 강한 존재가 되는 거지. 마찬가지야. 삶이라는 숲을 지나는 동안 두려움을 피해서는 안 돼. 두려움이 없기를 바라서도 안 돼. 오히려 이렇게 말해야 하는 거야.

'두려움아, 살아가는 동안 나를 떠나지 말고 늘 가까이 있어줘. 두려움이 큰 만큼 나는 더 강해질 수 있으니 부디 언제나 내 곁에 머물러줘.'

이것이 지혜로운 이의 기도야. 반드시 성취될 수 있는 기도. 네가 깨닫기를 바라. 두려움이 곧 너의 힘이라는 사실을 말이야.

괴로움의 불이 영원히 꺼졌다

빤냐의 눈에 눈물이 맺혔다.

이제야 이해할 수 있었다. 그동안 잘못된 질문을 던져
왔다는 말을. 두려움을 전혀 이해하지 못하고 있었다는
말을. 그래서 그 오랜 세월 아무리 애를 써도 마르가를 찾
을 수 없었다는 사실을 이제는 이해할 수 있었다. 두려움
없는 경지. 그것은 오해와 망상이 빚어낸 헛된 목표였다.
두려움은 완전히 사라질 수도 없고, 그것을 바라서도 안
되는 것이었다. 오히려 두려움을 받아들여 자신의 힘으로
만들기를 자연의 섭리는 기대하고 있었다.

빤냐는 따라서 되뇌어보았다.

'두려움아, 내 곁에 있어줘. 나를 떠나지 말아줘. 두려움의 크기만큼 나는 더 강해질 수 있어.'

가슴 한가운데서 미세하게 따뜻한 온기가 감도는 느낌이 들었다. 아주 작은 불꽃이 한 번 일렁인 것처럼.

이번에는 아주 어린 시절부터 지금까지 살아오면서 두려움을 느낀 순간들을 하나하나 떠올려 보았다.

동굴 밖에 있을지도 모르는 뱀에 대한 두려움.

먹을거리를 구하지 못할 거라는 두려움.

다른 원숭이들에게 미움받을지도 모른다는 두려움.

흉측한 모습으로 늙고 병들고 죽으리라는 두려움.

폭우에 휩쓸리거나 뱀에게 잡혀 죽을 거라는 두려움.

전쟁 중에 죽거나 불구가 될지도 모른다는 두려움.

갖가지 두려움이 차례차례 고개를 들었다. 기억 속에서 그때의 두려움들이 고스란히 되살아났다. 놀라운 일이었다. 잊은 줄 알았는데 아니었다. 이겨낸 줄 알았는데 그것도 아니었다. 그 두려움들은 여전히 마음속 깊은 곳에 사라지지 않은 채 차곡차곡 쌓여 있었다.

빤냐는 각각의 두려움을 하나씩 온전히 느끼며 속삭

였다.

'두려움들아, 내 곁에 있어줘. 나를 떠나지 말아줘. 너희들이 곧 나의 힘이야.'

그러자 두려움이 서서히 든든한 느낌으로 바뀌기 시작했다. 은근한 두려움은 은근한 든든함으로, 짧고 강렬한 두려움은 짧고 강렬한 든든함으로 바뀌어갔다. 마치 탁월한 연금술사가 돌과 쇠를 모아, 일일이 눈부신 황금으로 바꾸는 작업과도 같았다.

마음을 압도한 크고 거친 두려움부터, 다른 감정 사이에 미묘하게 숨어 있던 아주 작은 두려움까지. 두려움은 질기고 긴 덩굴처럼 끊어질 줄 모르고 기억에 엉겨 붙은 채 계속 딸려 나왔다. 빤냐는 두려움을 불러내고, 두려움에게 속삭이고, 그것을 힘으로 바꾸는 일을 반복하고 또 반복했다.

빤냐가 내적 작업을 하는 동안, 의식의 공간에서는 무수한 시간이 흘렀다. 존재하는 가장 미세한 두려움 한 조각까지도 모두 힘으로 바꾸어본 뒤, 마침내 빤냐는 깨달았다. 전환이 불가능한 두려움은 세상 어디에도 없음을. 두려움은 힘 그 자체라는 말은 진실로 옳았다.

이제 빤냐는 알았다.

이것이 두려움을 다루는 온전한 방법임을.

두려움들은 결코 사라지지 않았다. 그것들은 절대로 부서지지 않는 금강석처럼 마음속에 켜켜이 쌓여 있었다. 그리고 앞으로 살아가는 동안에도, 크고 작은 두려움은 계속 생겨날 것이었다. 그러나 빤냐는 완전하게 선언할 수 있었다. 두려움은 존재하지만, 이제 더 이상 두려움에 얽매이지 않을 수 있노라고.

두려움이 두렵지 않았다. 괴로움의 불이 영원히 꺼졌다. 기쁨으로, 한 줄기 눈물이 뺨을 타고 흘렀다.

빤냐여.

종을 닮은 목소리가 울렸다.

이제 이해한 것 같구나.

빤냐가 미소 지으며 대답했다.

"그래. 이제는 알았어. 오래 걸리기는 했지만 말이야."

아니. 바다와 바람과 태양의 시간에서 보면 평생이라 해도 찰나일 뿐. 어린 시절에 보낸 메시지를 이제 이해했다 하더라도 눈 깜짝할 시간과 다를 바 없지.

"메시지?"

기억하지 못하나 보구나.

종을 닮은 목소리가 빤냐의 머릿속에서 은은하게 울렸다.

마음은 본래 걸림이 없으니, 다만 두려워하지 마라.

어린 시절, 서쪽 능선 위에서 들려왔던 바로 그 목소리였다. 빤냐는 가슴이 벅차올랐다.

"너였구나."

아무것도 모르던 코흘리개 어린 시절부터 마르가에 의해 인도되고 있었다는 사실에 빤냐는 감격했다. 자꾸만 솟아나는 눈물 사이로 빤냐가 물었다.

"너는 누구야?"

목소리가 나무라듯 말했다.

평생을 나와 함께하고도 아직 나를 모르는구나.

"평생?"

빤냐가 의아한 듯 되물었다.

그때였다. 갑자기 가슴속에서 검은 안개가 자욱해지는 것마냥 답답함이 밀려왔다. 익숙한 느낌. 두려울 때마다, 머릿속이 복잡할 때마다 찾아오던 그 느낌이었다. 그때 평생을 들어왔던 익숙한 목소리가 말을 걸었다.

나야. 이제 누군지 모르지 않겠지?

"그림자 목소리…?"

빤냐는 어안이 벙벙했다. 그림자 목소리가 재밌다는 듯 웃었다. 곧이어 종을 닮은 목소리와 그림자 목소리가 화음처럼 동시에 울렸다.

나는 늘 너와 함께였어. 때로는 네가 안전하기를 바라면서, 때로는 네가 마르가에 닿기를 바라면서. 그러나 네 마음에 있는 걸림이 나를 둘로 구분해서 하나는 꺼리고, 하나는 좋았을 뿐이야. 마음에는 본래 걸림이 없듯, 나는 본래 둘이 아니야.

빤냐는 새삼 깨달았다. 두려움을 이해하려 한 적이 없었듯이, 지금껏 그림자 목소리를 이해하려 한 적이 없었다는 사실을. 단지 피하거나, 이기거나, 억누르려고만 했음을.

언제나 걱정과 두려움을 증폭시키던 그림자 목소리는 어떤 면에서는 그저 다치지 않기를 바라는 아버지의 잔소리와 닮아 있었다. 그래서였을까. 귀를 기울이고, 받아들이고, 도움을 청했을 때 그림자 목소리는 단 한 번도 빤냐를 괴롭힌 적이 없었다.

두려움을 이해하자 두려움에 얽매이지 않게 된 것처럼, 그림자 목소리를 이해하자 이제 더 이상 그림자 목소리가 괴롭지 않았다. 기쁨의 눈물이 계속 흘렀다. 빤냐는 따뜻한 온기를 담아 그림자 목소리에게 속삭였다.

"고맙고 미안해."

더 이상 아무런 말이 필요 없었다. 빤냐가 마지막으로 덧붙이듯 물었다.

"이 삶을, 어떻게 살아야 해?"

바다의 물결, 바람의 흐름, 태양의 빛이 천천히 일렁였다. 온 세상의 지혜와 자비가 동쪽 끝의 곶을 향해 모이는 것만 같았다. 빤냐의 전신에 은은한 빛이 감돌았다. 그림자 목소리와 종을 닮은 목소리가 하나가 되어 진동하려 했다. 하늘과 바다 그리고 그 위대한 목소리가 동시에 빤냐의 머릿속에서 답을 하려는 찰나.

빤냐가 가만히 손을 들어 멈추게 했다.

"아니. 답하지 않아도 돼. 알 것 같아."

그 순간 위대한 목소리가 환한 빛으로 산산이 부서졌다. 빛의 조각들이 날아올라 한 치의 흐트러짐 없이 빤냐의 온몸을 휘감았다. 그렇게 한참 동안 빤냐를 새하얗게 물들였다.

긴 시간이 지나고 빛은 별이 지듯 하나씩 하나씩 사라져갔다. 마침내 모든 빛이 사라진 뒤, 텅 비어있음만이 그 자리에 오래도록 아름답게 남아 있었다.

몽키, 마르가, 망고

천천히 눈을 떴다. 캄캄한 밤이었다. 새하얗게 변해버린 빤냐의 털이 깨달음의 증표처럼 어둠 속에서 눈부시게 빛나고 있었다.

빤냐는 알았다. 이제 마르가를 찾았음을.

빛처럼 흰 털과 신비로운 경험도 의미 있는 표지였다. 하지만 무엇보다 마르가임을 확신하게 한 것은 한없이 편안해진 마음이었다. 가슴을 짓누르던 돌을 내려놓은 느낌이 들 거라던 그의 말은 거짓이 아니었다. 빤냐는 하늘을 올려다보며 어둠의 숲에서 만난 그를 향해 감사의 말을 전했다.

"진심으로 고맙습니다."

빤냐에게 있어 마르가는 어떤 물건도, 장소도, 역할도 아니었다.

'이번 삶에서 도달해야 할 그대만의 자리라네. 길이라고 해도 좋고 해답이라고 해도 좋아. 어떤 식으로 표현하든, 마르가가 이번 삶에서 도달해야 할 목적지라는 사실은 달라지지 않아.'

목적지, 혹은 자리. 그래서 처음에는 그것이 어떤 장소일 거라 여겼고, 장소라 여긴 까닭에 세상 끝까지라도 가보면 어디선가 닿을 줄 알았다. 그래서 회색 숲, 붉은 숲, 푸른 색이 펼쳐진 동쪽 끝의 바닷가와 곶까지, 마르가가 보내는 신호를 따라 나아가고 또 나아갔다.

그러나 그 '자리'는 실제로 존재하는 장소가 아니었다. 구태여 말하자면 마음의 자리이자 상태였다. 두려움을 완전히 넘어선 상태랄까. 사실 넘어섰다는 표현도 맞지 않았다. 두려움을 온전히 이해하자 그것을 넘어설 필요조차 사라졌기에.

이제 빤냐는 마르가에 있었다. 언제 어디서든 마르가와 함께였다.

빤냐는 앞으로의 삶을 훨씬 더 잘 살아갈 수 있을 것 같았다. 마르가로 자신을 이끌어준 모든 존재에게 보답하기 위해서라도 더 의미 있는 삶을 살아야 했다.

'무엇이 나에게 의미 있는 삶인가.'

빤냐는 스스로에게 물었다. 사실 답은 이미 알고 있었다. 누군가에게 도움을 줄 수 있을 때 삶이 비로소 의미 있는 것이었다. 그리고 가장 필요한 이를 위해 자신이 가장 잘하는 일을 할 때, 가장 큰 도움이 될 터였다.

그루터기 위에서 빤냐는 몸을 일으켰다. 절벽 아래 파도가 철썩이는 소리가 들렸다. 세상의 끝에 도달했다는 사실이 새삼 실감났다. 바다와 바람, 태양이 곤히 잠들어 있는 밤하늘을 향해 작별 인사를 건네고 뒤를 돌았다.

과일나무 한 그루가 서 있었다. 별빛을 머금은 노란 과일들이 보석처럼 빛났다. 손을 뻗어 하나를 땄다. 향을 음미하고는 한입 베어 물었다. 진한 과즙이 입안 가득 퍼졌다. 과일에 스민 바다와 바람과 태양의 숨결이 빤냐에게 힘을 불어넣어 주었다. 그들에게 고마운 마음을 전하며 부드러운 과육을 천천히 씹었다.

그때 나무 뒤편 저만치 떨어진 곳에서 무언가가 움직였

다. 검은 형체였다. 빤냐는 나지막이 입을 열었다.

"거기 누구인가. 이리 나오지."

주저하는 듯 멈칫거리더니 이내 모습을 드러냈다. 작은 몸집. 흰 털이 박힌 애꾸 원숭이였다. 그를 알아본 빤냐가 물었다.

"왜 지금 여기 있는 거니?"

아무 대답이 없었다. 지금은 깊디깊은 밤. 애꾸 원숭이는 퍽 오랫동안 저 자리에 있었던 것이 분명했다. 빤냐가 다시 물었다.

"다른 이들은 어디 있고?"

그러자 애꾸 원숭이가 답했다.

"그들은 저를 별로 좋아하지 않아요."

어린 원숭이들이 끽끽거리며 놀 때 종종 그가 떨어져 있던 기억이 났다. 혼자서 빤냐 옆에 한참 동안 앉아 있던 모습도. 빤냐는 큰 흉터가 있는 그의 한쪽 눈을 물끄러미 바라보았다.

"너는 이름이 뭐니?"

빤냐가 물었다.

"없어요."

그는 고개를 가로저었다.

"다들 그냥 애꾸라고 불러요."

빤냐가 따뜻한 목소리로 말했다.

"이리 와서 같이 먹자꾸나."

큼직한 과일을 하나 따서 그에게 건넸다. 애꾸 원숭이는 배가 고팠는지 허겁지겁 먹었다. 과일을 베어 물 때마다 작은 손등 위로 과즙이 주르륵 흘렀다. 빤냐는 그가 먹는 모습을 말없이 바라보았다. 그리고 삶의 다음 단계가 지금 막 열리고 있음을 알았다.

애꾸 원숭이의 먹는 속도가 조금씩 느려졌다. 배가 제법 찬 모양이었다. 실컷 먹으라고 해도 얼마 먹지 못하는 작은 몸이었다. 지켜보던 빤냐가 물었다.

"나를 따라가지 않겠니? 어떻게 살아야 하는지 가르쳐줄 수 있단다."

그는 먹던 과일을 입에 문 채 멈칫했다. 깜짝 놀란 표정이었다.

"저를 왜 도와주시려는 거예요?"

빤냐는 잠시 침묵했다. 의미 있는 삶이 거기 있었다. 푸른 원숭이들에게 진 빚을 갚는 일이기도 했다. 그러나 그이상의 무언가가 있었다. 문득 어둠의 숲에서 들었던 말이 떠올랐다.

'나에게 고마워할 필요 없네. 마르가를 찾는 길에 먼저 들어선 이는, 뒤따르는 이를 이끌어주는 것이 의무니까.'

애꾸 원숭이도 언젠가 마르가의 길에 들어설까. 아직은 모르는 일이었다. 하지만 설령 그렇지 않더라도 그를 이끄는 것이 결국 스스로를 위한 일이라는 사실이 어렴풋이 느껴졌다. 빤냐는 깨달았다. 의무라는 말의 의미를 이제야 조금 이해하게 되었음을. 그리고 그와 함께하는 동안 앞으로 더 많이 이해하게 되리라는 사실 또한.

궁금한 표정으로 물끄러미 바라보는 그에게 빤냐는 말했다.

"나중에 이야기해주마. 더 잘 알게 된 다음에 말이야."

그는 곧 고개를 끄덕이고는 마저 먹기 시작했다.

하나를 다 먹고 나자 애꾸 원숭이의 표정이 한결 편안해졌다. 그러고는 빤냐에게 말했다.

"아저씨는 망고를 안 먹는 줄 알았어요."

"망고?"

"네, 이게 망고잖아요."

빤냐는 나무에 달린 노란 과일들을 올려다보았다.

'망고…. 이게 망고구나.'

웃음이 새어 나왔다. 동시에 눈가에는 눈물이 차오르기

시작했다.

웃고 있는 빤냐의 뺨 위로 눈물 한 줄기가 흘렀다.

"왜 울면서 웃으세요?"

애꾸 원숭이가 의아한 듯 물었다.

빤냐가 그의 머리를 쓰다듬었다.

"설명하려면 길단다. 조금 더 먹어두겠니? 우리가 가려는 곳에는 망고가 없거든."

어리둥절한 표정을 짓던 그는 이윽고 손에 망고를 하나 더 집어 들었다.

붉은 숲의 서쪽.

끝없이 펼쳐진 초원 위에 두 원숭이가 있었다.

그들은 해가 지는 서쪽을 향해 부지런히 걷는 중이었다.

이따금 작은 원숭이가 뒤처질 즈음이면 큰 원숭이는 그가 붙여준 이름을 불렀다.

"사띠야."

그리고 따뜻한 목소리로 걸음을 재촉했다

"가자꾸나. 가자꾸나. 같이 건너가자꾸나."

초원 너머 저 멀리에 작은 숲이 있었다.

넉넉하지는 않아도 굶지 않고 살 수 있는 곳.

다른 이를 해치거나 해를 입을 일 없이 지낼 수 있는 곳.

그리고 서쪽 능선에서 아름다운 노을을 매일 마주할 수 있는 그곳을 향하여 빤냐와 사띠가 걸어가고 있었다.

마르가 혹은 어떻게 살아야 하는가

소설 : 이야기를 짓는다는 것

크리스마스 자정 즈음으로 기억한다. 바빴던 한 해의 강의 일정이 마무리되고, 이제 막 두 달 정도의 여유가 시작되려는 참이었다. 1월과 2월. 얼어붙은 날씨 만큼이나 몸도 움츠러들기 쉬우면서도, 동시에 차가운 공기로 머리가 한없이 맑아지는 시기. 이 때가 되면 나는 보통 미뤄뒀던 글을 쓴다. 차기작으로 부모들을 위한 자녀 교육서를 구상하며 앉아 있던 그날 밤, 문득 머릿속에 이런 생각이 스쳤다.

'소설을 써보면 어떨까.'

그동안 나는 자기계발서, 에세이, 인문, 자녀교육서 등 여러 분야의 책을 집필했고, 1년 내내 강의를 하며 많은 사람과 다양한 이야기를 나누어왔다. 그럼에도 소설을 쓴다는 것은 뭔가 좀 달랐다. 소설을 쓴다는 것, 다시 말해 이야기를 새로 짓는다는 것은 확실히 내게 도전적인 과제였다.

사실 오래전에 이미 소설을 써보고 싶다는 생각을 한 적이 있다. 작법, 스토리, 시나리오 등의 제목이 붙은 책들과 유명한 소설가들의 에세이를 수십 권 사다놓고 읽었다. 그러나 그들의 영업 비밀을 알아내기 위한 끙끙거림은 취업을 비롯한 일상의 다른 일들이 파도처럼 밀려오자 바닷가의 모래성처럼 속절없이 무너졌다. 그 후로 어림잡아 15년 정도가 흘렀다.

소설이라는 낱말이 머리를 스쳤을 때, 나는 과거 저 너머로 고개를 돌려 무너진 모래성이 있던 자리를 슬며시 바라보았다. 플롯, 캐릭터, 서사의 구조…. 작법에 관한 정보라고는 기억에 거의 남아 있는 것이 없는 그곳에, 용케도 아직 무언가가, 아주 희미한 흔적이 있었다. 그것은 바로 몇몇 작가들이 남긴 말이었다.

글을 쓰기 시작할 때 아무런 계획도 갖고 있지 않다. 이
야기가 전개되길 기다린다. 그것이 어떤 종류의 이야기
가 될지, 무슨 일이 일어날지 선택하지 않는다.
– 무라카미 하루키

소설 창작이란 어떤 이야기가 저절로 만들어지는 과정
이라는 것이 나의 기본적인 신념이다. – 스티븐 킹

'바늘로 우물을 판다'는 터키 속담은 작가를 염두에 두
고 만들어진 게 아닐까? – 오르한 파묵

무엇을 쓰게 될지 알 수 없어도 그저 생각을 이어가며
버틴다. 다만 그 괴로움을 충분히 감내하면서. 그런 작업
방식도 분명 하나의 길이었고, 그렇게 쓰는 작가들이 실
제로 있었다. 그리고 다행히도 나는 그저 생각을 이어가
며 버티는 일에 제법 익숙했다. 일단 계산을 해보았다.

'기껏 잃어봤자 두 달이구나.'

어차피 3월부터는 다시 강의 스케줄이 시작되므로 소
설 작업을 이어갈 여유가 없었다. 고작 두 달 정도 도전해
봄으로써 나의 길이 맞는지 아닌지를 알 수 있다면 크게

손해볼 것도 없었다. 제대로 된 문학 이론이나 완성도 높은 작법 기술을 모른다는 부담감이 가슴을 눌렀지만, 사실 그보다 더 중요하게 고민한 지점은 이것이었다.

'내 안에 쓸 만한 무언가가 들어 있는가.'

단순히 시선을 부여잡는 전개나 탄탄한 문장력이 아니라, 다른 이들에게 내어놓을 수 있는 어떤 생각, 독자들에게 '시간을 들여 이 이야기를 읽어보십시오'라고 부끄럽지 않게 말할 수 있는 어떤 가치가 나의 내면에 자리하고 있는가를 고민했다.

진지하게 곱씹었다. 그리고 직관적으로 깨닫는 데는 오랜 시간이 걸리지 않았다. 내 안에 전하고 싶은 이야기가 있음을, 그동안 다른 분야의 책과 강의를 통해서는 미처 다 전할 수 없어 아쉬웠던 이야기가 있음을 알았다. 그리고 그 이야기는 어쩌면 소설이라는 그릇에 담을 수밖에 없는 내용이라는 생각마저 들었다.

그 순간 나는 내용도 모르고, 전개도 모르며, 결론은 더더욱 가늠할 수 없는 이야기를 이 겨울에 써야겠다고 결심했다. 다행히 나에게는 그 결심에 힘이 되어줄 수 있는 한 가지 도구가 있었다. 담요를 둘둘 말아 내 몸에 맞게 만든 방석이었다.

명상 : 안에서와 같이, 밖에서도

명상을 꾸준히 해온 지 20년이 넘었다. 대학 시절 시작한 명상이 지금까지 이어졌다. 이런 저런 명상법을 따라 했지만 지금은 단순한 호흡 관찰에 정착했다. 아나빠나사띠(Ānapānasati)라고 불리는 명상이다. 언제 어디서나 즉시 할 수 있는 게 큰 장점이고, 수행하는 방법과 가야할 길도 여러 스승의 가르침으로 상세히 안내되어 있는 편이다.

그 덕분에 지금 내가 대단한 경지에 이르지는 못했어도, 적어도 아주 좋은 습관 하나가 몸에 잘 배었다고 자신 있게 말할 수 있다. 최소한 명상은 나에게, 대단히 힘들 때도 휴식을 취할 수 있는 확고한 쉼터다. 말 그대로 언제 어디서든 잠깐이라도 완전히 쉴 수 있다는 사실은, 할 일이 많고 스트레스가 심할수록 큰 위안이 된다.

겨우내 나는 담요를 둘둘 말아 만든 방석과 맥북이 켜져 있는 책상 위를 오갔다. 키보드를 두드리다가 힘들면 거실 바닥의 방석에 앉았다. 호흡을 관찰하는 동안 마음이 고요해졌다. 흙탕물이 가득한 유리컵을 가만히 놓아두면 흙과 물이 분리되는 것처럼 말이다. 충분히 편안해진 다음에는 호흡에 모아두었던 의식의 초점을 풀어 이야기가 펼쳐지도록 했다.

 이렇게 하다 보면 소설 속 원숭이들이 뛰고, 말하고, 싸우며 스스로를 드러내 보였다. 그때 내가 할 일은 그저 맑은 물처럼 깨끗해진 머리에서 떠오르는 생각들을 편견 없이 바라보는 것 뿐이었다. 관찰의 대상을 호흡에서 생각으로 바꾸기만 하면 되었고, 그것은 오랫동안 명상을 하며 익숙하게 해온 일이었다. 그러다 보면 꽤 흥미로운 전개가 펼쳐지곤 했는데, 나에게 흥미로운 이야기라면, 분명 독자들에게도 그럴 것 같았다. 그것은 다시 책상으로 올라가 맥북 앞에 앉으라는 신호였다. 그렇게 명상과 집필을 오가며 이 소설을 썼다.

 글을 읽어본 몇몇 분들로부터 "읽는 것만으로 명상이 된다"라는 말씀을 들었다. "이야기가 끝나는 줄 알았는데 점점 더 깊이 들어가서 놀랐다"라는 반응도 공통적이었다. 아마도 줄거리와 결론을 정해놓고 쓴 것이 아니라, 명상을 하며 내 안의 무언가를 파고들었기 때문일 것이다. 실제로 이 소설은 명상과 집필 사이, 그 어딘가에서 탄생한 이야기라고 할 수 있다. 나에게 방석이 없었다면 아마 이 글도 없었을 것이다.

 나의 내면에 다른 사람과 공유할 만한 가치 있는 생각

이 존재하는지 스스로 확인해보고 싶었다. 마치 어딘가에 있을 금맥을 믿고 땅을 파내려가는 탐사자의 심정과 비슷했다. 결국 도달해야 할 곳은 내면의 어떤 지점이었고, 나는 명상이라는 곡괭이로 내면의 암석을 깨어나갔다.

"안에서와 같이, 밖에서도(As within, so without)."

헤르메스주의(Hermeticism)에서 언급된 것으로 알려진 이 말은 내적인 성취가 외적인 성취의 근원이라는 진실을 시사한다. 눈에 보이는 결과물은 외적인 것이지만, 그 모든 외적인 성취는 결국 내적인 성취의 결과이다. 따라서 무언가 가치 있는 것을 이루고 싶다면 우리의 시선을 먼저 내면으로 돌릴 필요가 있다. 내면이 고요해진 다음에야 확고한 뜻을 세울 수 있고, 확고한 뜻이 갖추어져야 행동으로 이어지기 때문이다. 그리고 결과물이란 다름 아닌, 행동이라는 씨앗이 맺은 열매이다.

이러한 진실을 충분히 이해한다면, 나의 경험상 삶은 조금 더 평안한 쪽으로 바뀐다. 불안감과 막막함이 덜어지는 까닭이다. 현재의 상황은 과거 나의 내면이 투영된 결과이며, 미래의 상황은 오늘 나의 내면이 투영될 결과일 뿐이다. 그렇다면 결국 의식을 집중해야 할 지점은 명확하다. 바로 나의 내면, 언제나 그리고 우선적으로.

내면의 고요, 확고한 의지, 그리고 마음의 평안. 이와 같은 내적인 성취를 위한 가장 오래되고 효과적인 길이 명상이라고 나는 믿는다. 그리고 겨우내 방석 위에서 했던 명상의 시간은 나를 빤냐의 이야기로 이끌었다.

빤냐 : 마르가 혹은 어떻게 살아야 하는가

나는 마음에 관한 지혜를 이 소설에 담고자 했다. 동서양과 종교의 경계를 넘어, 명칭을 가리지 않고 인류의 의식을 일깨우는 데 일생을 바친 수많은 영적 스승들의 가르침을 녹여내고 싶었다. 특히 나의 마음공부에 있어 뿌리와 줄기가 되는, 붓다의 가르침에서 비롯된 지혜가 많다. 이 글을 읽는 분들이 '어떻게 살아야 하는가'라는 궁극적인 물음에 대해 나름의 해답을 얻게 된다면, 그것은 모두 스승들의 가르침 덕분이라고 말하고 싶다. 반대로 거칠고 미진한 부분들은 나의 부족함 때문이다.

이야기 속에 담긴 은유와 숨은 의미를 깨달아가며 읽는 즐거움은 독자의 몫이다. 하지만 소설을 온전히 이해하기 위해 필요한 최소한의 설명은 하고 넘어가는 것이 저자의 의무일 듯싶다. 만약 아직 본문을 읽기 전이라면, 이야기를 먼저 충분히 만끽한 후에 다음 부분을 읽기 권한다.

주인공 이름 '빤냐'는 오래전 인도에서 사용한 언어인 팔리어 paññā를 그대로 발음한 것이다. 빤냐는 흔히 '지혜'로 번역되지만, 단순히 일상 생활에서 쓰이는 지혜가 아니라 삶과 죽음을 뛰어넘는 '완전한 지혜'를 일컫는다. 팔리어는 여러 과정을 거쳐 한자로 음역되었는데, 팔리어 '빤냐'에 상응하는 한자가 바로 반야심경(般若心經)의 '반야(般若)'이다.

반야심경은 불교 신앙을 가진 이들이 가장 좋아하는 경전으로, 부처님 오신 날 행사나 템플 스테이의 예불 체험에서도 쉽게 접할 수 있다. 한문의 경우 270자밖에 되지 않는 짧은 길이의 경전이지만, 대승불교의 핵심인 공(空) 사상의 정수가 담겨 있다. 나는 군 복무 시절 행군을 할 때 반야심경을 되뇌며 힘을 얻곤 했는데, 그때부터 심무가애 무가애고 무유공포(心無罣礙 無罣礙故 無有恐怖), 즉 '마음에는 본래 걸림이 없고, 걸림이 없으므로 두려움이 있을 수 없다'라는 구절이 특히 마음에 와닿았다.

이 소설이 자기 스스로를 펼쳐 보임에 있어서도 이 구

절이 큰 역할을 했다. 이야기 속에서 빤냐가 여러 막연한 두려움의 대상들을 받아들이고, 끝내 두려움 그 자체를 이해하는 여정이 곧 마음에는 본래 걸림이 없음을 깨닫는 과정인 셈이다.

빤냐가 읊조리는 주문인 '사-띠'는 팔리어 sati를 그대로 발음한 것이다. 사띠는 불교 초기 경전에 자주 등장하는 단어로, 여러 가지 번역이 제안되어 왔다. 단순한 용어 문제가 아니라 수행이나 실천의 방향에도 영향을 미치는 사안이었던 바, '바른 기억', '알아차림', '마음챙김' 정도로 입장이 나뉘었다.

'바른 기억'은 원뜻에 가장 가까운 번역이지만, 기억이라는 말이 과거를 회상한다는 의미로 이해되기 쉬워 사람들이 오해할 가능성이 높다는 단점이 있다. 여기에서 말하는 기억은 마음에서 일어나는 현재의 경험을 잊지 않고 지속한다는 의미이다.

그런 의미에서 '알아차림'이라는 번역은 불필요한 오해 없이 직관적으로 이해할 수 있도록 돕는다. 다만 현재의 상태에만 초점을 맞추는 말이므로, 지속적으로 잊지 않는다는 원래의 의미를 놓칠 수도 있다.

'마음챙김(mindfulness)'은 이 두 번역의 범주를 벗어난, 일종의 초월 번역에 가까운 말이다. 현대적으로 의미를 확장한 말로, 현재 순간에 집중하며 여러 감각과 생각을 판단 없이 알아차리는 요즘 가장 대중적인 명상법과도 자연스럽게 연결된다.

어느 하나의 번역이 정답이라기보다는 경전 연구인지 수행 지도인지, 혹은 대중적 가르침인지에 따라 문맥에 맞게 다르게 번역할 필요가 있다. 이 이야기 속에서 빤냐는 두려움을 강하게 느낄 때마다 '사-띠' 주문을 외우는 만큼, '마음챙김' 정도로 번역해도 그 뜻을 이해하기엔 충분할 것 같다.

빤냐가 찾아나서는 '마르가'는 산스크리트어 mārga를 그대로 발음한 것이다. 산스크리트어는 고대 인도에서 종교·철학·문학을 기록하는 데 사용되었던 문어(文語)로, 흔히 범어(梵語)라고도 불린다. 산스크리트어에서 마르가는 원래 '찾다, 탐색하다'는 뜻에서 출발해 '길, 경로'라는 의미로 확장되어 쓰였다. 작은 골목길이나 오솔길보다는 전사들이 당당하게 행군하는 큰길에 가깝다. 한자에서 길을 뜻하는 말인 '도(道)'와도 일맥상통한다. 삶의 길, 추구해야 할 길, 나아가야 할 길 등 추상적인 의미도 모두 포함한다. 불교에서 강조하는 여덟 가지 바른 길, 즉 팔정도(八正道)에서 '도'의 원어 역시 mārga이다.

'어떻게 살아야 하는가'라는 궁극적인 질문에 대해 자신만의 답을 찾고, 그 답을 삶 속에서 실현해 나가는 것이 삶을 충만하게 가꾸는 비결이라는 가르침은 많다. 소명(calling) 또는 천직(vocation)이라는 용어가 대표적이다. 심리학자 에이브러햄 매슬로가 말한 자아실현이나 『죽음의 수용소』의 저자인 빅터 프랭클이 삶의 의미를 찾으라고 역설한 로고테라피 또한 같은 맥락이다.

나는 그런 의미에서 마르가, 즉 '이번 삶에서 도달해야 할 나만의 고유한 자리'를 찾는 것이야말로 삶이 던지는 궁극적인 질문에 대한 답이라고 생각한다. 어떻게 살아야 하는가, 무엇을 위해 살 것인가, 나라는 존재는 무엇을 추구할 것인가. 마르가가 보내는 신호를 읽고, 이를 향해 나아가는 것이, 위 질문에 대한 답을 찾아내는 비결이리라. 빤냐의 여정을 함께하는 시간이 여러분의 마르가를 탐색하는 기회가 된다면, 저자로서 더없는 보람일 것이다.

이 밖에도 아직 설명하지 못한 의미와 상징이 많이 남아 있다. 신비한 명상 체험, 붓다를 비롯한 성인들의 일화, 색채를 통한 의미 부여, 내면의 목소리에 대한 이해, 그리고 에고와 이원성의 허상 등 독자가 발견하고 읽어내 길 바라는 이야기들이 여기저기 녹아 있다. 특히 명상가 마이클 싱어, 욘게이 밍규르 린포체, 아잔 브라흐마, 성해 영 교수님의 가르침에서 영감을 받은 부분은 방점으로 표 시하여 강조하였다. 흥미를 느끼셨다면 그 분들의 저서를 읽으며 내면 깊은 곳으로의 여행을 떠나보시기를 권한다.

문득 초등학교 소풍날 했던 보물 찾기가 생각난다. 나 뭇가지나 돌 틈에 보물을 미리 숨겨놓은 선생님들은 분주 하게 보물을 찾는 아이들을 열심히 응원했을 것이다. 보 물을 찾지 못해 발을 동동 구르거나, 바로 앞에 있는 보물 을 못 본 채 주변만 맴도는 아이들을 바라보며 '바로 거기 있어!'라고 알려주고 싶은 마음이 굴뚝 같았을 것이다. 하 지만 선생님들은 언제나 그 마음을 꾹 누른 채 말없이 미 소만 지었다. 알려주는 순간, 그것은 더 이상 보물 찾기가 아니기 때문이다. 그 시절 멀리서 우리를 바라보던 선생 님의 모습이 떠오른다. 숨은 의미를 찾고, 그것을 해석하 며 누리는 독자의 즐거움을 빼앗는 어리석음은 이 쯤에서 그만두는 게 좋을 듯싶다.

나는 이 글을 쓰며 이미 나만의 보물을 찾았다. 내면에 들어 있던 쓸 만한 무언가를 확인했고, 그럭저럭 읽을 만한 이야기로 끝을 맺을 수 있었다. 영성 문학이라 불리는 영역의 한 귀퉁이에 이 글이 놓이는 것이 허락된다면, 앞으로도 꾸준히 내면을 탐구하는 글을 써보겠다는 서원(誓願)도 세웠다. 보물 찾기의 기쁨이 스스로 그것을 발견할 때 더욱 커지듯, 이 소설을 읽는 분들도 이야기 속에서 자신만의 보물을 찾아가길. 그리고 다른 무엇보다 우리 각자의 삶에서, 각자의 마르가를 스스로 찾아내기를 두 손 모아 기원한다.

2026년 1월
우리 내면의 빤냐와 사띠를 응원하며
한재우 드림

『빤냐 이야기』가 쓰이고 세상에 나갈 수 있도록 도와주
신 분들께 이 자리를 빌어 감사의 인사를 전하고 싶습니다.

먼저 오랜 세월 동안 언제, 어떤 경우라도 한결같이 지
지해주신 부모님께 감사드립니다. 기대에 부응한 적도, 길
을 찾아 헤매느라 걱정을 끼쳐드린 적도 있었지만, 흔들
리지 않는 두 분의 지지 덕분에 그 모든 시간이 자양분이
되어 지금에 이르렀습니다. 평생 형을 응원해준 동국대
불교대학의 한재희 교수에게 특별한 감사를 전합니다. 아
우 덕분에 글에 등장하는 중요한 개념들을 더욱 정교하게
다듬을 수 있었습니다. 늘 저의 안전과 건승을 기원하며

사랑을 보내주시는 청주 아버님, 어머님 그리고 형님께도 이 자리를 빌어 감사 인사를 드립니다.

호흡 수행과 러닝 수행으로 늘 길잡이가 되어주신 지찬(어라) 스님, 마음 수행과 사회적 역할의 수행이 다르지 않음을 삶의 자리에서 증명하고 있는 해밀 모임 대장님과 도반(道伴)님들, 특히 오랜지기 김수영 대표에게 감사를 전합니다. 내면의 빛을 일깨우기 위해 평생을 바쳐온 삶의 예술학교 유진 님, 마샤 님, 재형 님과 도반님들께도 감사합니다. 신비주의와 종교 심리학에 대한 이해의 폭을 넓혀주신 서울대 종교학과 성해영 교수님께도 감사를 드립니다. 철학과 문학 그리고 독서에 대한 애정을 아낌없이 나누어준 김대근 작가, 양미연 팀장, 정다운 연구원에게도 감사드립니다. 오랜 시간 가까이에서 크고 작은 고민을 함께 나누며 노력해온 홍문기 변호사, 정희경 변호사, 최우영 변호사에게도 감사합니다. 노래를 수행으로 여기고 정진하고 있는 최인호 테너에게도 고마움과 응원의 말을 전합니다.

이 글을 처음부터 알아보고 국내외 출간을 위해 최선을 다해주신 윤성훈 대표님과 이샤론 에디터님, 클레이하우스 여러분들, 그리고 아름다운 영어 문장으로 옮겨주신 샤나 탄 번역가님께도 진심으로 감사드립니다. 바쁜 일정 속에서도 시간을 내어 이 원고를 상세히 읽어주시고 격려해주신 KAIST 명상과학연구소 김완두(미산) 소장님, 그리고 통찰의 지혜가 담긴 귀한 추천의 글을 보내주신 조현 기자님과 주현우 대표님께도 깊이 감사 인사를 전합니다.

마지막으로 회사 일과 육아를 함께하는 바쁜 와중에도 언제나 변함없는 사랑으로 든든한 토대가 되어주는 아내에게 깊은 감사를 전합니다. 아이가 깨지 않도록 곁에서 지켜준 시간 덕분에 명상을 하고 글을 쓸 수 있었습니다. 아직은 부족하지만, 커다란 산과 같은 사람이 될 수 있도록 계속 노력하겠습니다. 그리고 언젠가 자라서 이 글을 직접 읽게 될 아이에게, 먼 훗날 빤냐처럼 지혜로운 존재로 성장하기를 기원하며 이 이야기를 썼다는 말을 남기고 싶습니다.

빤냐 이야기

초판 1쇄 인쇄 2026년 1월 9일
초판 1쇄 발행 2026년 1월 16일

지은이 한재우

편집 이샤론 **편집팀장** 조은혜
디자인 황금
표지 그림 엄주
마케팅 신동익, 김가영, 하연빈
제작 ㈜공간코퍼레이션

펴낸이 윤성훈 **펴낸곳** 클레이하우스㈜
출판등록 2021년 2월 2일 제2021-000015호
주소 경기도 파주시 회동길 363-21, 2층
전화 070-4285-4925 **팩스** 070-7966-4925 **이메일** clayhouse@clayhouse.kr
홈페이지 https://clayhouse.kr

ISBN 979-11-93235-72-0 (03810)

클레이하우스㈜가 더 나은 책을 펴낼 수 있도록 의견을 남겨주시거나 오타를 신고해주세요.
QR코드에 접속해 독자 설문에 참여해주신 분께 추첨을 통해 선물을 드리겠습니다.